Marcel Valmy

Selbstbeherrschung und andere Unmöglichkeiten

Marcel Valmy

Selbstbeherrschung und andere Unmöglichkeiten

Morstadt

Verlagsort Kehl
Gesamtherstellung: F. X. Stückle, Ettenheim
Umschlaggestaltung: Foßhag + Foßhag
ISBN 3-88571-233-4

Inhalt

Selbstbeherrschung

Mit Recht wirft die ältere Generation es der jüngeren vor: Ihr habt keine Selbstbeherrschung mehr! Dabei ist Selbstbeherrschung nicht nur der Lack der Konvention, der ein mitmenschliches Verhältnis überhaupt erst möglich macht! O nein! Selbstbeherrschung – das war schon in der Antike eine der vornehmsten Tugenden! Denken Sie nur an jenen Mucius Scaevola, der zum Zeichen seiner Standhaftigkeit seine rechte Hand im Feuer des Altars verbrannte! Sie brauchen ja nicht gleich so weit zu gehen! Nur losheulen sollen Sie nicht gleich, wenn Sie sich mal die Finger verbrennen! Natürlich müssen Sie schon ein bißchen üben, wenn Sie sich Selbstbeherrschung aneignen wollen!
Im Zeitalter der Psychologie sollte es doch mit dem Teufel zugehen, wenn Sie durch stete Übung nicht zu baldiger Meisterschaft gelangten! Darum frisch ans Werk und fangen Sie gleich an: Denken Sie immer und zu allererst, ganz gleich, was passiert: Vor allem Selbstbeherrschung!
Sind Sie beispielsweise ein leidenschaftlicher Tortenesser? Mit Schlagsahne obendrein? Selbstbeherrschung leicht gemacht: Sie setzen sich vor Ihren vollgepackten Kuchenteller, hauen eine tüchtige

Portion Schlagsahne darüber und – beherrschen sich! Sie rühren nichts davon an, sondern wiederholen ständig im stummen Selbstgespräch: Ich übe Selbstbeherrschung! Ich übe Selbstbeherrschung, ich übe Selbstbeherrschung!

Wenn Sie das zehn Minuten durchgehalten haben, steht Ihnen für die gehabte Mühe selbstverständlich eine Belohnung zu! Das ist psychologisch von außerordentlicher Wichtigkeit – jeder Diplompsychologe wird Ihnen das bestätigen – denn sonst könnten Sie ja mit Recht fragen: „Wozu soll ich mich eigentlich selbst beherrschen, für wen und für was?“ Der Psychologe antwortet: „Sie sollen sich selbst beherrschen, um sich eine Belohnung zu verdienen!“ – Nach zehn Minuten Selbstbeherrschung dürfen Sie Ihre Torte mit Schlagsahne natürlich aufessen, ohne den geringsten Nachgeschmack eines schlechten Gewissens!

In dieser Weise verfahren Sie jedesmal, wenn Sie Torte mit Schlagsahne essen wollen! Nicht gleich mit rücksichtsloser Gier darauf stürzen, sondern zehn Minuten Selbstbeherrschung üben, dann ohne Reue genießen!

Sollten Sie gern dem Alkohol zusprechen, verfahren Sie in gleicher Weise! Zehn Minuten Selbstbeherrschung, dann sich selber belohnen und – Prost!

Einige werden jetzt einwenden, daß man durch dieses Verfahren immer dicker beziehungsweise immer betrunkener wird!

Zugegeben!

Aber das, liebe Freunde, sind doch nur die sekundären Begleiterscheinungen einer der größten Tugenden! Was ist ein zu enger Hosenbund, ein gestörtes Gleichgewichtsbewußtsein gegen das erhebende Gefühl, ein Meister der Selbstbeherrschung zu sein? Natürlich gilt die gleiche Regel auch für den Umgang mit Frauen: zehn Minuten anschauen, Finger weg, selbstbeherrschen! Alsdann mit dem Gefühl der Selbstbeherrschung ran an die Dame!

In den meisten Fällen pflegt diese Methode in einer Ehe zu enden! Und gerade dafür hat man ja Selbstbeherrschung bitter nötig...

Meine Freundin

Also gut, ich gebe es zu. Es haben mich schon zu viele Leute mit ihr gesehen, als daß Leugnen noch helfen könnte: Ich habe – du lieber Gott, man ist doch Mensch, und nichts Menschliches ist einem fremd! Ich habe eine – früher, als man die gewagtesten Variationen des Gefühlslebens noch mit mehr Takt und Diskretion behandelte, nannte man so etwas vielleicht eine Liaison!

Ich habe also eine sogenannte – nein, wenn ich es in der Sprache unserer Väter oder Großväter ausdrükken sollte, so müßte ich von dem Wort „Mätresse" doch wohl Abstand nehmen. Dafür hat meine Kleine – dafür hat sie nun doch nicht das Format! Eine Mätresse, das ist eine Bezeichnung, die Verruchtheit, Luxus und eiskalte Berechnung umwittert. Aber diese drei Attribute, das müssen selbst meine Neider und Widersacher zugeben, treffen auf meine kleine – also, einmal muß das Wort ja wohl ausgesprochen werden – sie treffen auf meine kleine Freundin wirklich nicht zu!

Die meine ist anschmiegsam, zärtlich, verspielt, vergleichsweise jedoch genügsam. Sie stellt außer ein bißchen Zärtlichkeit an mich keine besonderen Anforderungen – ich meine damit: Theater, Kino, Ausgeführtwerden, womöglich ein prickelndes Wochenende in einer verschwiegenen Vertreterabsteige und solche Sachen – nichts dergleichen! Ich muß ehrlich sagen: Finanziell liegt sie mir kaum auf der Brieftasche. Sie raucht nicht, trinkt nicht! Sie trägt nicht mal Schmuck, legt auch gar keinen Wert darauf!

„Jaja, Sie Libertin!" entrüstete sich neulich eine schon reifere Dame, der ich freimütig von meiner kleinen Freundin erzählen wollte. „Für euch Männer ist das ja so herrlich bequem: So nebenbei ein kleines Verhältnis, das im Verborgenen blüht, nichts kostet und immer auf Abruf bereit ist! Das ist doch euer Ideal!"

„Genau!" erwiderte ich, ohne zu erröten und wurde den Verdacht nicht los, daß die reifere Dame in jüngeren Jahren vielleicht auch mal die kleine Freundin eines verheirateten Mannes gewesen war. Deshalb ihre herbe Stimme und der bittere Zug um ihren Mund!

„O ja, ich kenne die Männer!" parierte sie schrill. „Und die heutigen jungen Dinger sind ja noch dümmer als zu meiner Zeit!"

Ich sah meinen Verdacht bestätigt.

„Ein bißchen Gesäusele und Geschmuse, und schon nehmen sie die Kerle sogar mit auf ihr eigenes Zimmer!"

Ich wollte schon entgegnen: „Erlauben Sie mal, ich bin kein Kerl!" Doch ich begnügte mich dann mit der Antwort: „Meine Freundin hat gar kein eigenes Zimmer!"

„Sie hat gar kein –? Ja, wo wohnt sie denn dann um Gottes willen?"

„Sie können mich jetzt anspucken oder mir eine runterhauen – meine Freundin wohnt bei mir!"
„Bei Ihnen? Also das ist doch –! Sie sind doch verheiratet!"
„Na und?"
„Na und? Na und?" Die Dame wurde krebsrot, und ich wette, daß sie früher mal die kleine Freundin von irgendwem gewesen ist.
„Sie leben also zu dritt mit Ihrer Frau und Ihrer Freundin zusammen in einer Wohnung?"
„Ja, warum nicht? Es ist ja Platz genug –."
„Und was sagt Ihre arme Frau dazu?"
„Sie ist sehr angetan von meiner Freundin. Ja, man kann sagen: Sie hat sich mit ihr genauso angefreundet wie ich! Wir schlafen sogar alle drei zusammen in einem Bett!"
„Eine Ehe zu dritt! Pfui Teufel! Das ist der Gipfel! Das ist ja ein Sumpf!"
Ich hätte beinah zustimmend gesagt: „Das ist der Gipfel in einem Sumpf!"
„Aber verstehen Sie doch", begann ich beschwichtigend, „so etwas bringt doch ein bißchen Abwechslung ins graue Dasein unserer irdischen Tage!"
„Jetzt werden Sie bloß nicht auch noch religiös!" kreischte meine empörte Zuhörerin.
„Aber gnädige Frau! Sehr verehrte gnädige Frau!" rief ich ihr händeringend nach, „was haben Sie denn um Himmels willen gegen Katzen? Ich habe eine allerliebste kleine süße Katze, Mini heißt sie, und sie ist meine kleine Freundin!"
Aber die Dame hatte mir gar nicht zugehört, sie hatte schon wütend die Tür hinter sich zugeschla-

gen! Und jetzt erzählt sie überall herum, daß ich mit Billigung meiner Frau ein Verhältnis habe! Meine kleine Freundin... meine kleine Mini stört das nicht. Sie sagt „Miau“, und ich weiß, das heißt: „Ich liebe dich.“
Ich liebe sie auch; wir lieben sie alle – meine kleine Freundin...

Der zerstreute Professor

„Herr Professor! Herr Professor!“ Die Haushälterin stürzte atemlos in das Arbeitszimmer und schwenkte die Morgenzeitung: „Hier steht Ihre Todesmeldung mit einem Nachruf der Universität!“

„Hm“, machte der Professor und überflog mit nachdenklichem Ernst die Würdigung seiner Persönlichkeit auf der Seite für Kultur und Forschung: „Da werden wir Blumen besorgen müssen –.“

„Blumen? Ach, Herr Professor, wenn es nur das wäre! Wir haben ja noch gar nichts vorbereitet!“

„Meine liebe Sophie“, erwiderte der Professor mit Fassung, „zweifellos kommt mein Ableben etwas überraschend, aber wir wollen doch bitte nicht die Nerven verlieren! Sie werden Blumen besorgen, ich werde mich mit dem Beerdigungsinstitut in Verbindung setzen –.“

„Ach, Herr Professor“, schluchzte die treue Seele, indem sie sich auf einen Stuhl fallen ließ, „daß Sie uns so früh verlassen müssen! Herr Professor, das überleb’ ich nicht!“

„Liebe Sophie“, sagte der Professor gütig und tätschelte ihre tränenbenetzten Wangen. „Es genügt ja wohl, wenn einer von uns geht! Und schließlich muß doch jemand in der Wohnung sein, um die Trau-

ergäste zu empfangen. Was meinen Sie, Sophie, sollten wir eine größere Einladung geben?"
„Aber selbstverständlich, Herr Professor! Sie als kultureller Mittelpunkt des Geisteslebens –"
Der Professor nickte feierlich.
„Wir müssen auch noch Anzeigen drucken lassen. Ich werde mich darum kümmern. Inzwischen verständigen Sie bitte die Universität, daß ich infolge Ablebens an der heutigen Vorlesung verhindert bin!"
„Selbstverständlich, Herr Professor! Nein, daß uns das passieren mußte!" Der treue Hausgeist brach erneut in Tränen aus, so daß der Professor entgegen seiner Gewohnheit persönlich die Wohnungstür öffnete, als es klingelte.
„Professor!" rief die Assistentin auf dem Flur überrascht, eine ältliche Jungfer, die ihn immer angehimmelt hatte, und fiel ihm ohnmächtig in die Arme.
„Fassung!" sagte der Professor gütig und fing sie auf; mit Sophies Hilfe bettete er sie auf das Chaiselongue. „Verständigen Sie den Rettungswagen, Sophie!"
Als man die Bahre mit der bewußtlosen Assistentin in den Rettungswagen schob, kreuzten gerade die Kollegen Pieper, Murkser und Hokus auf. Mit vorgehaltenen Hüten und teilnahmsvoll geneigten Häuptern fragten sie die aufgelöste Haushälterin, die beim Schließen der Türen behilflich gewesen war: „So ist es denn wahr?"
Die treue Seele deutete stumm auf den davonfahrenden Wagen. Schmerzerfüllt hoben die drei Herren den Blick gen Himmel, obwohl sie als Wissenschaftler nicht an ihn glaubten. Dort oben stand gerade der

Professor am Erkerfenster und winkte den Kollegen mit sparsamer Geste zum Abschied zu. Da die Professoren Pieper und Murkser hochgradig kurzsichtig waren, hatte ihn nur der Parapsychologe Dr. Hokus hinter dem Erkerfenster wahrgenommen, hütete sich aber, seine Wahrnehmung kundzutun, um sich von seiten der Naturwissenschaftler nicht ein Hohnlachen einzuhandeln.
Oben in seiner Wohnung öffnete der Professor unterdessen die Türen der Schränke und der Nebenzimmer, aus denen in bunter Folge seine Studenten des ersten Psychologie-Semesters heraustraten.
„Sie sehen, meine Damen und Herren", sagte der Professor mit triumphierendem Lächeln, „welche verblüffenden Resultate man durch Suggestion und Hypnose erzielen kann! Das Thema unserer Seminararbeit lautet: ‚Die psychologische Manipulierbarkeit des aufgeklärten Zivilisationsmenschen'. Ich danke Ihnen..."

Das ungalante Abenteuer

Schmerzlich schicken wir es voraus: Nichts von frivoler Galanterie haftet dieser Geschichte an, die sich gleichwohl in jenem Lande ereignet hat, dem man allzugern das Prädikat „galant“ zu verleihen geneigt ist. Frankreich, meine Freunde, ist ein großes und schönes Land, noch immer augenzwinkernd auf den Pfaden leidenschaftlicher Amouren wandelnd, die sich längst in schnurgerade Routes Nationales verwandelt haben, was jedoch der Liebe im sachlichen Jahrhundert der Technik keinen Abbruch tut. Fragt die Routiers, die hinter dem Steuer schwerer Laster den Staub der Straße pflügen, selten ohne eine nicht abgeneigte Copine auf dem Nebensitz, fragt Betten und Damen wechselnde Handelsvertreter, fragt dahinstürmende Playboys in schnellen Wagen gleich röhrenden Hirschen; sie werden es bestätigen, falls sie nicht diskretes Schweigen vorziehen, was wahrscheinlicher ist. Der Eros regiert dort vom Weinstock an, das verbotene Abenteuer hält das Leben in Atem. Dennoch geschehen dort zuweilen Dinge, die ans Ungeheuerliche grenzen, und wenn sie, wie im folgenden Falle, einer appetitlichen jungen Dame widerfahren, der man Besseres oder Gewagteres wünscht als schmachvolle Lächerlichkeit, so bleiben

einem nur noch die Tränen, um die Hinterhältigkeiten des Schicksals zu beklagen. Weint also mit mir, meine Leser, ein melancholischer französischer Regen, den ein Verlaine besungen haben könnte, erleichtert die Sache erheblich. Darüber breitet sich eine sternenlose Nacht, unter ihm rollt ein deutsches Automobil mit einem angehängten Wohnwagen durch das liebliche Burgund, dessen Reize die Dunkelheit verhüllt. Hinter dem Volant zwingt ein glücklicher Ehemann dem soeben angebrochenen Urlaub die erste Nacht ab, um zu ziehn, wohin es Deutschland schon seit Goethe zieht – gen Süden!
Die glückliche Ehefrau indessen schlummert in rosaroten Träumen, denn sie und er sind auf der Hochzeitsreise; das Leben und die Zukunft liegen vor ihnen wie diese Straße, die die Wellenkämme der Landschaft durchfurcht und auf der sie fahren, fahren, fahren. Aber das Unheil fährt mit, es brütet, nein, es tickt wie ein Wurm in verbotener Frucht, nagt rachedurstig am lieblichen Gehäuse, will Genugtuung verschaffen einer Vorschrift, die sich verletzt und entwürdigt fühlt! Denn dort, wo man Vorschriften die Achtung nicht zollt, das wissen alle Deutschen, droht Strafe! Oder sie sollten es wissen! Denn wo schlummert die glückliche Gattin? Schutzsuchend an die Schulter des Gatten geschmiegt, der mit Sonne im Herzen und Scheinwerferspeeren Löcher in die Finsternis reißt? Dort schlummert sie mitnichten. Vielmehr ruht sie im rollenden Caravan in Morpheus' Armen!
Ein Liebhaber? Schon? Nicht doch, der Gott des Schlafes nur, dem wir uns alle ergeben dürfen, nur

in einem fahrenden Wohnwagen nicht! Das ist verboten! Das heißt die Macht des Schicksals provozieren nebst der Polizei! Und darum greift sie auch schon ein! Die Polizei? Die nicht, sie schläft zu dieser Stunde wie die meisten Gerechten! Des Schicksals Macht kennt keinen Stundenplan:
Ein aus den Garben des Kornfeldes aufgeschreckter Nachtvogel, geblendet von des Fernlichts weißer Kaskade, taumelt traumschwer durch die Luft, schlägt hart gegen die Motorschnauze, zerbricht sein flatterndes Leben an einem deutschen Kühlergrill! – Stop! Der Gatte hält an. Hörte er Scherben klirren? Hatte des sterbenden Vogels Flügelschlag dem Fahrzeug ein Auge gekostet? Grillen zirpen am Straßenrain, und die Nacht ist so sanft und still, daß selbst der Regen verstummt.
In diesem Moment, da ein nächtlicher Tourist einen französischen Nachtvogel, dessen Gefieder sich im abgebogenen Winkel einer Stoßstange verfing, als tote Beute birgt, erwacht eine rosige Dame in einem luftigen Nighty-Shorty, schlaftrunken freilich und ähnlich wie der Vogel aus dem Kornfeld zu Tragischem bestimmt; erwacht, aufgestört – was paradox klingt – vom plötzlichen Stillstand des Gefährtes, vom abrupten Schweigen des Motors und der Natur, nicht zuletzt aber von einer körperlichen Anwandlung genötigt, die weder vor reizvollen Frauen noch Staatspräsidenten, Kaisern und Königen, noch Bürgern und Bettlern haltmacht.
Sie öffnet die Tür des Caravans, angenehm benommen vom Parfum der lauschigen Nacht, eingelullt vom Schlaflied der Grillen, verlockt durch ein

mannshohes Gebüsch hinter dem Straßengraben, hinter dem auch eine Dame, wenn es sein muß, Platz und Deckung findet; obwohl es keine Augen gibt, die ihr zuschauen, rechnet man ein paar blinzelnde Sterne ab, die sich soeben aus dem Wolkenpolster schieben. Während dieser diskreten Verrichtung legen wir einmal die Hand aufs Herz mit der Gewissensfrage: Begehn nicht auch wir hundertmal am Tag oder auch in der Nacht Unbedachtsamkeiten, Torheiten, die auf das Konto des Leichtsinns gehen? Dies als moralischer Zeigefinger und Entschuldigung. Denn unterdessen hat der glückliche Ehemann den Unglücksvogel im Kornfeld versenkt, hat den ersten Gang eingelegt bei aufheulendem Motor, jetzt den zweiten, schon den dritten –!

„Klaus-Dieter!“ Ein Schrei aus dem Busch, ein Hilferuf durch burgundische Nacht, in der der rote Punkt eines Hecklichts in der Ferne entschwindet! Klaus-Dieter zerschneidet schon wieder die Straße, hört nicht den Schrei der Verlassenen, zieht ein leeres Gehäuse voller Überraschungen hinter sich her!

„Klaus-Dieter, mein Gott –“

Kein Gott, der da hilft! Eine entzückende junge Dame in einem Nighty-Shorty tief im süßen Frankreich, auf einsamer Landstraße ohne Geld, Hülle noch Hilfe, ohne des Landes Zunge zu meistern! Könnte man nicht sagen: eine Weltraumfahrerin auf einem fremden Stern gelandet? Tränen, Schluchzen. Die beginnende Morgenkühle jagt Schauer über die Rosenhaut. Nun watet sie durch hohes Korn, schamvoll und verzweifelt, der Straßenver-

kehr erwacht, die Helligkeit fällt nieder wie Tau; soll sie sich auf einen Chausseestein hocken, unternehmungslustigen Autofahrern ihre Reize anbieten? Autostop im Négligé? Was ist ein antikes Verhängnis im Vergleich zu diesem Unglück einer jungverheirateten anständigen Frau? Kein Baum zum Erhängen, keine Quelle von Lourdes, die Wunder verheißt! Schließlich ein Bauernhof, den eine fast unbekleidete, weinende, aufgelöste Dame betritt, Bauerngesichter mit aufgerissenen Mäulern, die nichts verstehn und nichts begreifen. Kam eine verwunschene Prinzessin aus dem Märchenwald? Endlich stiftet das Mitgefühl einen zerschlissenen Mantel, ein in Geschäften aufgetauchter Landmaschinenvertreter lädt die Verlassene in seinen Deux-Chevaux, um sie im nächsten Städtchen der Behörde auszuliefern, was ihm jedoch Ohrfeigen einbringt, denn seine Gattin wird Zeuge, wie er die hilflose Last in die Mairie trägt. Dann kommt die Polizei und dann ein Dolmetscher aus Lyon. Der französische Rundfunk unterbricht seine Sendung:
„Der Fahrer des Wohnanhängers mit dem deutschen Kennzeichen..." Ach, er meldet sich nicht. Klaus-Dieter hört keinen Rundfunk.
Zwei volle Tage braucht das Schicksal mit Hilfe der Polizei, bis sich die Hochzeitsreisenden erlöst in die Arme sinken, und man wünscht ihnen, daß das restliche Eheleben weniger abenteuerlich verlaufen möge!
Wie wohl hätten die alten Sänger diesen Ausflug der Unfreiwilligkeit besungen? Vielleicht: „So wird aus Notdurft Not und leicht der Liebe Tod?" Meine ver-

ehrten Kavaliere und Ehegatten! Lassen Sie den Gegenstand Ihrer Anbetung niemals im fahrenden Caravan schlummern! Das kann schrecklich enden…

Ein Glas Rotwein

„Herr Ober“, sagt der Tourist in dem distinguierten Weinlokal, das man ihm im Reiseprospekt empfohlen hatte. „Ich hätte gern ein gutes Glas Rotwein!“
„Verzeihung, mein Herr“, erwidert der Ober mit Würde. „Wir haben keine Gläser. Wir haben nur Karaffen oder Flaschen.“
„Oh, das ist allerdings –“ Der Gast schaut hilflos. „Darauf war ich nicht vorbereitet. Nun, andere Länder, andere Sitten. Eigentlich gehört es nicht zu meinen Eigenarten, aus der Flasche zu trinken oder aus einer Karaffe!“
„Das brauchen Sie natürlich nicht, mein Herr. Wir haben selbstverständlich Gläser.“
„Soeben sagten Sie aber, daß Sie keine haben“, rügte der Gast. „Nun, vielleicht habe ich Sie falsch verstanden. Als Tourist fehlt einem natürlich das feinere Gespür für die Landessprache. Gut, dann bringen Sie mir also ein gutes Glas Rotwein! Was können Sie mir empfehlen?“
„Verzeihung, mein Herr. Ich sagte bereits, daß wir keine einzelnen Gläser haben...“
„Das ist begreiflich. Ein so großes Lokal hat natürlich genormte Gläser. Und alle von derselben Sorte. Aber das macht nichts. Ich möchte ja kein einzelnes

Glas, irgendeinen besonderen Schliff oder so was. Ich möchte nur ein ganz gewöhnliches Allerweltsglas!“ Der Gast beugt sich vertraulich vor: „Es geht mir nicht um das Glas, Herr Ober. Mir geht es um den Inhalt, verstehen Sie?“

„Durchaus, mein Herr. Ich darf Ihnen jedoch kein Glas servieren. Sie müssen sich schon für eine Karaffe oder für eine Flasche entscheiden. Ich bitte um Ihr Verständnis, mein Herr. Das ist eine Frage der – Rentabilität!“

„Ah, jetzt verstehe ich: Die Andenkenjäger, dann die hohe Verlustquote in den Geschirrspülern plus Rezession, da heißt es kalkulieren! Sie sollten dann aber am Eingang einen Hinweis anbringen: ‚Trinkgefäße sind mitzubringen!‘ “

„Mein Herr“, unterbricht der Ober verwirrt, „wir haben ja Gläser, nur möchten wir ...“

„Nur möchten Sie sie nicht herausgeben“, nickt der Gast verständnisvoll, „um die Unkosten zu drücken!“

„Nein. Weil wir grundsätzlich ...“

„Ich verstehe und respektiere das. Als Wanderfreund trage ich gottlob immer einen Aluminiumbecher bei mir! Sehen Sie, hier! Ein sogenannter Teleskopbecher! Zack! Sie ziehen ihn auseinander! Schon ist er trinkbereit! Wenn ich nun bitten dürfte, mir einen Becher Rotwein zu bringen!“

„Aber das geht doch nicht, mein Herr!“

„Warum geht das nicht?“

„Weil –“, der Ober windet sich. „Sie können selbstverständlich ein Glas haben, nur müßten Sie ...“

„Na um so besser. Dann bringen Sie mir jetzt ein Glas Rotwein!“

Der Ober wird beinah schrill: „Aber wir haben keine Gläser! Wie oft soll ich Ihnen das noch erklären?"
Der Geschäftsführer eilt herbei: „Kann ich behilflich sein? Um was handelt es sich?"
„Der Herr möchte ein Glas Rotwein!"
„Na, dann bringen Sie ihm eins!"
„Aber wir haben doch keine Gläser!"
„Ach ja, natürlich." Der Geschäftsführer nickt einsichtig. „Gläser haben wir natürlich nicht!"
„Ja, ich weiß", sagt der Gast, „weil Sie rationalisieren müssen!" Er wird seinerseits schrill. „Deswegen stelle ich ja meinen Wanderbecher zur Verfügung!"
„Sie können hier nicht aus Ihrem Becher trinken", bedauert der Geschäftsführer.
„Aber Sie muten mir zu, daß ich aus der Flasche trinke!" giftet der empörte Tourist. „Wie ein Streckenarbeiter!"
„Kein Mensch mutet Ihnen das zu!" verwahrt sich der Geschäftsführer etwas lautstark. „Wenn Sie eine Flasche bestellen, bekommen Sie selbstverständlich ein Glas dazu!"
„Dann wickeln Sie mir jetzt eine Flasche ein!" befiehlt der Tourist mit gerötetem Gesicht. „Und bringen Sie mir endlich ein Glas Rotwein!"
„Wir verkaufen hier keinen Wein!" kontert der Geschäftsführer. „Wir sind ein Weinlokal, keine Weinhandlung! Hier gibt es nur Karaffen und Flaschen zum Austrinken!"
„Gläser nicht?"
„Doch, Gläser auch. Das heißt: Gläser nur..."
„Dann will ich Himmeldonnerwetter ein Glas Rotwein!"

„Wir haben keine Gläser, verdammt nochmal!"
Ein Wort gibt das andere, die übrigen Gäste erheben sich alarmiert; es drohen Tätlichkeiten. Der Ober telefoniert nach der Polizei; die Polizei ruft die Ambulanz, der rabiate Gast wird von zwei Helfern in Weiß abgeführt.
Eine Viertelstunde später fragt Dr. med. Heilemann teilnahmsvoll in der geschlossenen Station: „Nun, wo fehlt's uns denn, mein Freund?"
„Ein Glas Rotwein", stammelt der total überforderte Patient. „Nichts weiter als ein Glas Rotwein, Herr Doktor. Aber ich weiß schon, Sie haben keine Gläser...
Und weint bitterlich.

Die Schwammerlsuche

Es gibt stille Sonntage, es gibt besinnliche Sonntage und es gibt Sonntage mit Onkel Hugo. Wenn schon manche Menschen hämisch bemerken: „Hugo heißt man nicht!“ – so sollten sie auch gleich hinzufügen: „Mit Leuten, die Hugo heißen, sollte man keinen Sonntag verbringen, schon gar nicht mit Onkel Hugo.“ Wir taten es dennoch, das heißt: Olga und ich und noch drei Erbtanten, bei denen man sich niemals sicher ist, ob sie nicht aus einer Alterslaune heraus ihr Testament ändern zugunsten eines unbekannten Neffen oder einer gemeinnützigen Institution. Nichts beunruhigt eine Schriftstellerexistenz mehr als eine Erbtante, deren Wohlwollen vom Barometerstand unerforschlicher Launen abhängt – kurz, wir wollten nett sein, edel, hilfreich und gut, denn wir hatten es bitter nötig. Deshalb hatten wir Onkel Hugo, dem man übrigens eine Menge Bücher mit interessantem Inhalt nachsagt – Sparbücher also – zum Mittagessen eingeladen nebst seinen drei unverheiratet gebliebenen und folglich kinderlosen Schwestern. (Die Jahrgänge der besseren Stände um 1900 sind dafür eine ziemliche Garantie, spätere Generationen warten da schon zuweilen mit Überraschungen auf.)

Es gab Gulasch mit Nudeln, weil Onkel Hugo und Tante Berta das besonders gern mögen, zum Nachtisch Vanillepudding mit Himbeersoße wegen Tante Martha, und nur für Tante Sibylle hatten wir noch extra eine Büchse Schildkrötensuppe geopfert, von der sie gut und gerne zwei Teller braucht, wenn man die Erbschaftsaussichten nicht unnötig gefährden will.

Zum Schluß waren wir alle ungehörig voll, und Olga und ich freuten uns auf eine geruhsame Siesta. Onkel Hugo aber, der nun einmal ein Naturfreund ist, zudem des Lateinischen kundig, zitierte: „Post coenam stabis –", was ich den verwirrten Tanten etwas frei übersetzte mit: „Nach dem Essen sollst du ruhn oder tausend Schritte tun."

„Und jetzt hinaus in die freie Gottesnatur", sprudelte Onkel Hugo. „Wer rastet, der rostet! Wozu habt ihr ein Haus am See unweit der lauschigen Wälder? Das Wetter lockt, die Luft weht rein, die Jahreszeit ist günstig! Lasset uns vor dem Kaffee Schwammerln suchen!"

Wir hätten uns nicht gewundert, wenn er ein Eichendorff-Lied angestimmt hätte. Olga und ich mimten Begeisterung, weil die Tanten auch dafür waren, obwohl wir noch niemals Schwammerl gesucht hatten und uns überhaupt nicht viel aus Pilzen machten.

„Ich habe aber noch nie in unseren Wäldern irgendwelche Schwammerl bemerkt, Onkel Hugo", versuchte ich zu bremsen.

„Wer suchet, der findet!" parierte Onkel Hugo schlagfertig und deutete wie ein Pionier des Wilden Westens auf die bewaldeten Anhöhen: „Dort liegt

dein Glück! Dort hol' es dir!" Dann kommandierte er noch: „En voiture!", denn Französisch konnte er auch.
Wir fuhren in zwei Wagen; ich steuerte meinen, neben mir saß Tante Sibylle, der wir außer der Schildkrötensuppe auch die Landschaft schmackhaft machen wollten, in den Fond auf den Notsitz quetschte sich Olga und log, wie bequem es wäre. Onkel Hugo fuhr in seinem Vehikel mit den Tanten Berta und Martha. Auf staubig-besonnten Serpentinenstraßen erreichten wir die Ausläufer der Waldungen; Onkel Hugo lenkte seinen Wagen humpelnd auf den aufgeweichten Pfad einer Lichtung, ich folgte gehorsam und blieb beinah in einer ausgefahrenen Wagenspur stecken. Dann klappten die Türen, Onkel Hugo und die Tanten stiegen in die freie Gottesnatur, zwischen den Stämmen blinkte der See zu uns herauf wie ein vergitterter Spiegel, sehr fern reckte sich wie ein mahnender Zeigefinger der Turm des Klosters über den bläulich zerlaufenden Horizont. Ich glaube, wir warteten alle darauf, daß Onkel Hugo jetzt „O Täler weit, o Höhen" intonierte, doch er tat nichts dergleichen. Er marschierte ein paar Schritte voraus in Richtung des Waldes, beschrieb mit seinem rechten Arm einen rudernden Halbkreis wie ein Stoßtruppführer, der seine Mannen zum Angriff führt, und kommandierte schon wieder: „Alles ausschwärmen! In einer Stunde Treffpunkt hier in der Lichtung bei den Wagen!"
„Aber wenn wir uns nun verlaufen, Onkel Hugo", gab ich zu bedenken, „keiner von uns kennt sich aus hier oben in den Wäldern!"

„Was sind das für kindische Argumente!“ polterte Onkel Hugo.
„Wozu gibt es die Sonne? Ein halbwegs erwachsener Mensch wie du wird sich wohl noch nach der Sonne orientieren können! Wo steht die Sonne zur Zeit? Im Süden. Wo stehen wir? Im Norden. In einer Stunde wird die Sonne immer noch im Süden stehen! Also braucht ihr nur entgegengesetzt zum Sonnenstand zu laufen, um wieder zurückzufinden! En route!“
Disziplin ist alles. Wir schwärmten aus, erst auf Sichtweite, wobei Olga und ich sich wie Hänsel und Gretel vorkamen, dann auf Rufweite, so daß es bald geisterhaft und immer ferner durch die Bäume schallte. Schließlich war Stille um mich, totale Stille. Ich bahnte mir meinen Weg durch das Gehölz, Äste knackten unter mir, aus einem Gebüsch brach ein Reh hervor, wobei ich bestimmt mehr erschrak als das verängstigte Tier, ein Specht hämmerte über mir in der Baumkrone, so daß ich den Blick interessiert nach oben hob. Aber ich sah keinen Specht, sondern ein Stückchen Himmel, das sich allmählich mit grauem Gewölk bezog. Die Sonne sah ich nicht. Und auch keine Schwammerl. Ich sah nur einen Ameisenhaufen, auf den ich mich, von halbstündiger Wanderung erschöpft, beinah niedergelassen hätte, und etwa fünf Minuten später sah ich eine verrostete Sprungfedermatratze und noch immer keine Schwammerl. Es war jetzt viertel nach zwei, und ich sagte mir, daß es Zeit sei, den Rückweg anzutreten. Was die Schwammerl betraf, so hatte ich volles Vertrauen zu Onkel Hugo und

gönnte ihm den Triumph, meinen leeren Händen mit reicher Beute gegenüberzutreten und sich so in seinem Überlegenheitsgefühl zu sonnen.
Ich machte also kehrt und stellte fest, daß die ersten Regentropfen fielen. Gern hätte ich Onkel Hugos Rat befolgt, in entgegengesetzter Richtung zum Sonnenstand zu marschieren, aber es gab keine Sonne. Und einen Kompaß hatte ich auch nicht. Ich lief und lief, ich erreichte auch eine Lichtung, doch es war nicht die Lichtung, von der wir aufgebrochen waren. Dafür regnete es jetzt schon ein bißchen stärker. Gegen drei erreichte ich wieder die Stelle mit der weggeworfenen Sprungfedermatratze, und da wußte ich endgültig, daß ich mich verlaufen hatte. Nun bekam ich es natürlich mit der Angst, ich rief ein gedehntes „Huhu!“ und irgendein Kauz antwortete aus den Bäumen, schließlich brüllte ich „Hugo!“ und „Olga!“ und „Berta! Martha! Sibylle!“ Letzteren Namen beantwortete das Echo mit „Stille!“, was einer Aufforderung gleich kam. Kurz nach vier hatte ich Glück. Irgendein gutmütiger Waldgeist hatte mich zu der Lichtung zurückgeleitet, wo mein Wagen stand. Onkel Hugos Wagen war nicht mehr da, aber zwischen meinen Scheibenwischern war ein Zettel geklemmt mit Olgas Handschrift: „Sind schon vorausgefahren, warten mit dem Kaffee!“
Ich beeilte mich. Punkt halb fünf hielt ich vor unserem Gartentor, und Olga und die Tanten winkten aus der regengeschützten Gartenlaube: „Na endlich seid ihr da, ihr Bummelanten!“
„Wieso ihr?“ rief ich zurück. „Ist denn Onkel Hugo nicht bei euch?“ Ratlose Gesichter.

„Ja, hast du ihn denn nicht mitgebracht?"
„Aber nein, ich dachte, ihr wäret mit Onkel Hugo gefahren!"
Entsetzen.
„Und wir dachten, daß du und Onkel Hugo –."
„Um Gottes willen, unser Hugo!" schluchzte Tante Berta, denn sie ist seine Zwillingsschwester.
Ich muß sehr schnell gefahren sein. Um drei viertel fünf war ich wieder an der Lichtung, ließ den Wagen Wagen sein und stürzte in den Wald. „Hugo!" rief ich, „Onkel Hugo!" Ich rief noch um sechs, aber da nur noch zaghaft, denn ich war wieder zur Lichtung zurückgekehrt. Und kein Hugo war da. Aber mein Wagen war auch nicht mehr da! Er war weg, einfach weg, genauso weg, wie Onkel Hugo weg war! Ich stand im Regen ohne Mantel, schüttelte mich, zwinkerte mit den Augen und stierte immer wieder zu der Stelle, wo ich vor einer guten Stunde meinen Wagen abgestellt hatte. Natürlich, ich besann mich, in der Hetze und Angst um Onkel Hugo hatte ich den Zündschlüssel stecken lassen, irgendein Dieb mußte sich die günstige Gelegenheit zunutze gemacht haben! Größer als der Verlust von Onkel Hugo erschien mir im Moment der Verlust meines Wagens! Ich dachte nicht mehr an Onkel Hugo und auch nicht an die Erbschaft, ich dachte an mein schönes Auto, das ich durch beispiellosen Leichtsinn verloren hatte! Ich war verzweifelt! Ich war pitschnaß von Regen und Angstschweiß, lief an die nahe Chaussee und winkte den vorüberhuschenden Sonntagsfahrern zu. Endlich hielt einer, ein gutmütiger Dicker. Er nahm mich mit, ich schilderte ihm stok-

kend mein Mißgeschick, und er beruhigte mich nach Art indolenter Dicker: „Den sind Sie los, lieber Mann!" Er meinte nicht Onkel Hugo, er meinte mein Fahrzeug. Um drei Viertel sieben, als es schon dunkel wurde, rollten wir vor unser Gartentor. Dort stand unbeschädigt mein Wagen, und Olga stürzte mir mit den Tanten entgegen. „Wo ist denn Hugo?" fragten sie im Chor. Ich stieg ermattet aus und deutete schlaff auf mein Auto.

„Wie kommt der Wagen hierher?" krächzte ich heiser.

„Den hat doch Onkel Hugo hierhergefahren. Er hatte sich im Wald verirrt, fand schließlich deinen Wagen mit dem Zündschlüssel und dachte, du hättest ihn extra für ihn reserviert!"

O unseliger Onkel Hugo! Nervensäge meiner besten Jahre! Während ich ihn im Wald gesucht hatte wie eine Mutter ihr Junges, war er mit meinem Auto nach Hause gefahren!

„Und wo ist er jetzt, Onkel Hugo –?" fragte ich mit tonloser Stimme. „Na, er ist losgefahren, um dich zu suchen!"

Ich weiß nicht, wie es ist, wenn man einen Schlaganfall bekommt. Ich war jedenfalls darauf gefaßt, als ich wiederum in meinen Wagen stieg, um Onkel Hugo zu suchen. Ich fand die Lichtung, ich fand seinen Wagen, und ich fand auch Onkel Hugo, der gottlob auf mein Rufen aus dem dunklen Tann in die Abenddämmerung trat. Es war drei Viertel acht, und der Mond, der den Regen vertrieben hatte, schaute uns dabei an. Ich verschweige, was ich zu Onkel Hugo gesagt habe, ich stelle nur fest, daß die

Schwammerlsuche beinah acht Stunden gedauert hatte, denn gegen halb neun erst liefen wir, Onkel Hugo und ich, wieder zu Hause ein. Seither mache ich mir keine Hoffnung mehr auf die Erbschaft! Übrigens: Schwammerl hatte Onkel Hugo auch nicht gefunden...

Omas Weltreise

Unserer Oma ist im hohen Alter gelungen, was uns bisher versagt geblieben ist: Sie durfte eine Weltreise unternehmen, denn sie hat ein Preisausschreiben gewonnen! Bei uns hatte es gelegentlich mal zu einer Tube Zahnpasta oder einem Paar Nylon-Strümpfe zweiter Wahl gelangt, Trostpflaster sozusagen für unsere Beharrlichkeit; aber unsere Oma erntete unserer Mühe Lohn und gewann auf Anhieb im Blitz-Blank-Preisausschreiben den ersten Preis!
Erstaunlich, wie sie das in ihrem hohen Alter hingekriegt hat, jedoch sie ist gottlob wachen Geistes und hatte in Windeseile die fehlenden Buchstaben des Blitz-Blank-Werbespruches zusammenkombiniert. Die Aufgabe lautete: Mi.. Bli..-Bla.. wi.. all.. bli..-sau...!
Unsere Oma fand die richtige Lösung:
„Mit Blitz-Blank wird alles blitz-sauber!" Ist das nicht toll?
Ich nehme an, daß nur wenige Teilnehmer des Preisausschreibens auf die richtige Lösung gekommen sind und stelle mir ganze Waschkörbe verkehrter Einsendungen vor. Unsere Oma erschien mit Bild im deutschen Waschmittelmagazin, und auch die Belohnung war hoch:

In sechs Tagen per Flugzeug rund um die Welt inclusive Hotelaufenthalt und Verpflegung! Wir waren blaß vor Neid!
Und wie aufgekratzt unsere Oma wieder nach Hause kam! Ich möchte beinah sagen „Eine souveräne Globetrotterin!“
„Nun erzähl’ doch mal, Oma. Wie war’s?“
„Ach Kinder, es war unbeschreiblich! Es war märchenhaft, einfach märchenhaft!“ schwärmte Oma. „Nein, ist die Welt schön!“
„Die erste Station war Paris, nicht wahr, Oma? Was hat dir denn an Paris am besten gefallen? Oder besser: Was ist dir an Paris als erstes aufgefallen, Oma?“
„Ah Paris“, lächelte Oma. „O la la!“
„Der Eiffelturm, was, Oma? Der Triumphbogen? Der Invalidendom?“
„Aber nicht doch, Kinder“, konterte Oma. „Die Skyline natürlich! Kinder, rings um die Stadt mit ihren veralteten Häusern und Straßen diese imposante Skyline der Wolkenkratzer, die bis in den Himmel reichen! Kinder, ich wünsche euch, daß ihr das auch mal sehen werdet!“
„Und New York? Von Paris ging es doch direkt nach New York? Was sagst du zu New York, Oma?
Was sind die besonderen Merkmale dieser Riesenstadt?“
„Na, die Skyline natürlich! Alles aufstrebend! Hoch, höher, am höchsten! Erregend!“ begeisterte sich Oma. „50 bis 60 Stockwerke, edelster Stahlbeton! Kinder, ich wünsche euch, daß ihr –.“
„Aber San Francisco, Oma! An San Francisco wirst du doch sicher –“

„Kinder, Kinder!“ Oma hatte Tränen der Erinnerung in den Augen: „Die Hochhäuser-Schluchten von San Francisco! Diese Skyline! Ein unvergeßliches Erlebnis! Ich wünsche euch wirklich –“
„Und Tokio, Oma? Jetzt erzähl’ mal von Tokio, Oma! Das ist doch eine ganz andere Welt! Asien! Der ferne Osten!“
„Eben. Eine uns völlig fremde Welt!“ bestätigte Oma und schloß im Nacherleben die Augen. „Gewaltige Hochhäuser! Und Leuchtreklamen wie in Paris, New York und San Francisco! Eine imponierende Skyline, Kinder –“
„Dann Sydney, Oma! Ein neuer Kontinent, Australien! Wie war’s denn in Sydney, Oma?“
„Na phantastisch war es! Ich hatte ein herrliches Zimmer im 21. Stock mit Klimakterium und herrlichem Rundblick auf die Skyline, Kinder! Vielleicht hat es mir in Kapstadt noch ein bißchen besser gefallen, denn da hatte ich sogar ein richtiges Apartment im 25. Stock!“
„Ach, Oma, du bist zu beneiden! Hat es dir in Kairo auch so gut gefallen? Oma! Kairo! Der Orient!“
„Kinder, ich könnte euch Geschichten aus Tausendundeiner Nacht erzählen! Kairo und seine Skyline, das ist wirklich ein Bild aus dem Märchenbuch!“
„Und dann Rom auf dem Rückflug, Oma? Die Ewige Stadt? Oma, wie hat dir Rom gefallen?“
„Da muß wohl noch ein bißchen aufgebaut werden“, erklärte Oma mit gedämpftem Enthusiasmus. „Noch viel zu viele Ruinen. Ein ganzes Stadion liegt da noch in Trümmern! Aber es wird schon! Auch dort wird schon fleißig an der Skyline gebaut!“

„Ach Oma, Oma!“ riefen wir wie aus einem Munde. „Du hast die Wunder der Welt gesehen! Die großen Zentren der Zivilisation und der Baukunst!“
„O ja, liebe Kinder“, antwortete Oma geschmeichelt. „Und jede dieser Weltstädte hat ihre besondere Note!“
Weiß Gott, wir beneiden unsere Oma wirklich sehr! Die Welt muß wunderschön sein! Und sie wird täglich schöner und schöner...

Die verlorene Giraffe

Neulich ist mir etwas Peinliches passiert. Als ich durch die Fußgängerzone schritt, ist mir meine Giraffe abhanden gekommen. Ich hatte sie brav an der Leine, aber irgendein Spaßvogel muß sie durchgeschnitten haben (Ich meine natürlich die Leine und nicht die Giraffe!). Bemerkt habe ich es erst, als ich den langen Schatten vermißte, den meine Giraffe immer so fürsorglich über mich zu werfen pflegte! Sie können sich meinen Schrecken vorstellen, mitten im Menschengewühl meiner Giraffe verlustig zu sein. Ich wagte mich zuerst gar nicht mehr nach Hause wegen Olga, die von Anfang an gegen die Anschaffung einer Giraffe gewesen war, nicht allein wegen der Giraffensteuer, die ja bekanntlich nach Größe in Zentimetern berechnet wird, sondern weil wir doch in der zweiten Etage eines Miethauses wohnen und ich das treue Tier unmöglich mit in die Wohnung nehmen konnte! Unsere Zimmerdecken sind ja viel zu niedrig. Ich hätte Helene – so wurde unsere Giraffe liebevoll gerufen – nur im Hausflur abstellen können. Aber die Mieter waren dagegen. Der helle Ton des Giraffenfells, so lautete ihr Argument, würde sich mit dem Lichtblau der gefirnisten Wände beißen! Einfach lächerlich.

Wir hatten dann Helene immer auf unserem Parkplatz abgestellt und unseren Kleinwagen mit in den Hausflur genommen. Der Parkplatz befindet sich gottlob direkt unter unserem Küchenfenster, von wo aus ich Helene mit Zweigen und Blättern füttere, die ich aus dem nahen Stadtpark besorgte und mittels eines Flaschenzuges im Küchenfenster aufhängte. Selbst Olga hatte sich schon daran gewöhnt! Aber nun ist Helene fort!
Ich ging natürlich sogleich zum nächsten Polizeirevier.
„Lieber guter Mann", sagte der Beamte mit Bedauern. „Sie leben hier in einer Millionenstadt, tagtäglich gehen hier Tausende von Gegenständen verloren! Und da wollen Sie ausgerechnet eine Giraffe wiederfinden!"
„Aber ich kann sie Ihnen genau beschreiben", gab ich zu bedenken, „und außerdem hört sie auf den Namen Helene!"
„Auf Helene hören bei uns Hunderte, wenn nicht Hunderttausende!" entgegnete der Beamte. „Und Giraffen sehen alle ziemlich gleich aus! Waren Sie denn schon beim Fundbüro?"
„Da ist sie nicht. Da lagen nur ein paar Regenschirme und eine leere Geldbörse rum –"
„Na sehen Sie ! Wer macht sich schon die Mühe, eine Giraffe abzugeben! Eine Giraffe in der Fußgängerzone ausfindig machen – lieber Herr, da könnten Sie genauso gut in einem Heuhaufen nach einer Stecknadel suchen! Wer nimmt schon von einer einzelnen Giraffe Notiz? Ja, wenn es eine ganze Giraffenherde wäre, das würde vielleicht auffallen! Hatte

sie denn irgendein besonderes Kennzeichen?"
„Sie hatte einen immens langen Hals wie alle Giraffen!" beeilte ich mich zu erklären, „Und zwei Hörnchen auf dem Kopf!"
„Sie frißt Hörnchen?"
„Nein, sie frißt Blätter und Zweige!"
„Das tun alle Giraffen, das ist nichts Besonderes, mein Herr! Ja, wenn sie Hörnchen fressen würde, so richtig knusprige Croissants, das wäre ein Anhaltspunkt! Oder wenn sie einen auffallend kurzen Hals hätte, vielleicht O- anstatt X-Beine, das würde uns weiterhelfen! Es tut mir leid, mein Herr!"
Also, die Polizei konnte mir nicht weiterhelfen. Und im Tierheim erhielt ich die Auskunft: „Ob bei uns eine Giraffe eingeliefert wurde? Also, da müssen Sie schon selber kommen, mein Herr! Wir können schließlich nicht jedes eingelieferte Tier wegen seiner speziellen Merkmale in Augenschein nehmen –"
Ach, im Tierheim war sie auch nicht. Ich sehe mich nunmehr gezwungen, mich an die Öffentlichkeit zu wenden: Falls Sie irgendwo im Straßenverkehr einer alleinstehenden oder -gehenden Giraffe begegnen sollten, würden Sie mir bitte Bescheid geben?
Vielen Dank.

Der Lebensretter

Hand aufs Herz – könnte so etwas noch in unseren Tagen passieren, in dieser Epoche abwägender Sachlichkeit, wo es nach Leistung geht und nicht nach Rang, wo Können erhebt und Versagen erniedrigt? Oder irre ich mich da?
Überschätzen Sie bitte nicht die gute alte Zeit, denn so gut war sie wohl doch nicht, kreuzen Sie mit mir gute achtzig Jahre zurück, und versetzen Sie sich auf einen Schlachtkreuzer mit hochgereckten Schloten wie die Finger einer Hand, zum Schwure bereit auf Kaiser und Reich, auf eines jener Schiffe schimmernder Wehr, als unsere Zukunft noch auf dem Wasser lag. Da rauschte, irgendwo zwischen Helgoland und der Doggerbank, in der Offiziersmesse ein sektgeladenes Fest mit wohlbegründetem Anlaß: Dem Schiffsarzt Dr. K. war ein hoher Orden verliehen worden, so hoch, daß er, funkelnd von Gold und in Brillanten gefaßt, dem Träger am bunten Seidenbändchen zum Halse heraushing; daß er subordinierte Blicke in Hochachtung ersterben ließ und in ehrfurchtgebietendem Flüstern die Kunde verbreitete:
„Seht, so wird die gute Tat belohnt! Ich habe einem Prinzen das Leben gerettet!“

Das war schon vor Monaten gewesen, doch die Erinnerung daran hatte in dem gefeierten Lebensretter nichts als unbehagliche Gefühle hinterlassen, denn die Wege zum Ruhm strahlen niemals so hell wie dieser selbst! Freilich spült der Champagner hemmende Beklemmungen herunter, der Kaviar dazu verdaut ein schlechtes Gewissen! Also lasset uns feiern, Kameraden! Cheerio und zum Wohl!
Das Gerücht indessen, hartnäckig und geschwätzig wie ein altes Weib, zupft an den Schleiern, die sich die Wahrheit so gerne überwirft und bringt's allmählich an den Tag wie ein nebeliger Morgen, der sich im Frühlicht zerteilt: Ein mohrenschwarzer Prinz aus dem Morgenland tat damals als „Gastleutnant" Dienst an Bord, vielleicht mit dem fernen Ziel, dereinst in den königlichen Gewässern seiner Dynastie der Seeräuberei ein Ende zu bereiten. Eines Tages fühlte sich die Hoheit nicht recht wohl, sei es vom Seegang, sei es vom Champagner, den der Koran seinen Gläubigen ja nicht verbietet, sei es von Helgoländer Hummer oder Limfjord-Austern, die zum königlichen Frühstück gehören wie bei unsereinem die Brötchen, sei's aber auch, daß ihn die Damenwelt im letzten Hafen zu gesundheitsschädlichen Temperamentsausbrüchen verleitet hatte, denen auch Mohammedaner erliegen können – kurzum: Hoheit waren unpäßlich und ließen den Oberstabsarzt rufen! Dieser besah sich den hohen Patienten, legte seine niedrige Stirn in medizinische Falten, dazu den Finger an die Nase und machte keine Diagnose, dafür aber ein bedenkliches Gesicht. Noch in der Überlegung, ob die Verabrei-

chung eines Löffels Rhizinus schaden oder helfen könnte, traf ihn jedoch der Blitz der Erleuchtung, wie es Würdenträgern zuweilen geschieht, denen Gott mit dem Amt einen nur mäßigen Verstand verliehen hat. Seine Miene hellte sich auf, der geniale Gedanke, der dem Prinzen das Leben retten sollte, wurde umgesetzt zur Tat: Der Oberstabsarzt Dr. K. berief seinen Assistenzarzt der Reserve, der etwas von Medizin verstand, und kaufte sich damit von der drohenden Anklage fahrlässiger Tötung frei!
Der Assistenzarzt, in Zivil ein erfahrener Feld-Wald-und-Wiesen-Doktor, diagnostizierte den Fall auf der Stelle, griff zu altbewährten Hausmitteln, die schon in seines Großvaters Praxis sterbenden Patienten zu blühender Gesundheit verholfen hatten, so daß seine Hoheit im Handumdrehen zu genesen geruhten!
Als das im fernen Morgenland der königliche Vater erfuhr, stieg er hocherfreut von seinem goldenen Thron herab und gab Befehl, den allerschönsten Orden herauszusuchen, funkelnd von Gold und in Brillanten gefaßt, am seidenen Bande zu tragen und zum Halse heraus. Er legte ihn in ein Samtkästchen, fügte ein Dankesschreiben blumigster arabischer Rede hinzu und verlieh alles zusammen in huldvoller Anerkennung – dem Oberstabsarzt Dr. K.!
Selbstverständlich wurde der Assistenzarzt keiner Dekoration gewürdigt, denn – so wenigstens war es in der guten alten Zeit –: Wer pflichtgetreu sein Tagwerk tut, ist selber schuld!
Nun aber, liebe Leser, Hand aufs Herz! Halten Sie es für möglich, daß dergleichen Ungerechtigkeiten

auch heute noch in unserem fortschrittlichen, von keinerlei privilegierten Rücksichtnahmen getrübten Staatswesen möglich sind? –
Ich habe Mühe, es mir vorzustellen!

Die kleine Konditorei

Auf dieser Welt hat man es schwer, mit Anstand über die Runden zu kommen. Selbst hinter der ehrenwertesten Biedermannsmaske verbergen sich die Schnittwunden unserer mehr oder weniger großen Sündhaftigkeiten. Es ist wie beim Rasieren. Hier und dort reißt man sich kleine Wunden; man pudert sie über, den lieben langen Tag bleiben sie unsichtbar, doch schon am nächsten Morgen kratzt man sie wieder auf! Ich, du, er, sie – jawohl, auch die Damen! Niemand ist davon ausgenommen! C'est la vie!

Der Bäckermeister Ehrenberg und seine Frau Clara waren ein braves Gespann: ehrbar, ehrlich, fleißig. Aber dann vermachte ihnen ein verstorbener Onkel ein stattliches Eckhaus in einer belebten Einkaufsgegend, geradezu Ideallage, und mit der Erbschaft kam schon die Versuchung! Denn der Fürst dieser Welt, Teufel genannt, will es so!

Was tut ein Bäckermeister, der ein großes Mietshaus erbt, in welchem sich ein Ladengeschäft befindet, darin der verblichene Onkel mit Fahrrädern und entsprechenden Ersatzteilen einen schwunghaften Handel betrieben hatte? Er wird darin bestimmt keinen Automobilsalon eröffnen! Der Bäckermei-

ster Ehrenberg nebst seiner Gemahlin installierte eine kleine gemütliche Konditorei.
Das ist so sonnenklar wie der Name seiner treuen, fürsorglichen Gattin! Sozusagen Clarissima!
Der Fürst dieser Welt indessen hat es just so eingerichtet, daß in dem Eckhaus schräg gegenüber bereits eine kleine Konditorei besteht! Auf deutsch nennt man so etwas Konkurrenz!
Zwei kleine Konditoreien, die sich diagnonal gegenüberstehen, sind zwei natürliche feindliche Lager, und wer zuletzt kommt, mahlt bekanntlich nie zuerst. Der Bäckermeister Ehrenberg und seine verehrungswürdige Gattin machten sich ernsthafte Sorgen über die Frage, wie sie in ihre neu eröffnete Kaffeestube die Kundschaft locken sollen, denn der Mensch ist ein Gewohnheitstier und nicht besonders auf Veränderungen erpicht. Sonst sähe unsere Welt wohl anders aus.
Aber der Fürst dieser Welt ist auch um Inspirationen nicht verlegen. Zuweilen muß man mit ihm ein Bündnis eingehen, nur mit Blut soll man es nicht gerade besiegeln. Davor hat schon Goethe gewarnt!
Sollen wir nun zürnen, Empörung kundtun oder mit einem nachsichtigen Augenzwinkern die Tatsache registrieren, daß kurz nach der Eröffnung des Ehrenbergschen Unternehmens die recht attraktive Oberposträtin Wanda Molliger folgendes Schreiben ohne Unterschrift und Angabe des Absenders erhielt: „Wenn Sie gern erfahren möchten, mit wem Ihr Göttergatte sich ab 17 Uhr zu treffen pflegt, so sollten Sie einmal unverbindlich in der kürzlich eröffneten Konditorei Ehrenberg Warteposten bezie-

hen. Die betreffende Dame macht nicht den Eindruck, daß sie im Postdienst tätig ist und tagsüber Briefe sortiert. Manche Männer sind schwerer zu hüten als eine Tüte Flöhe. Punkt. Drei Ausrufungszeichen!"

Herr Wexelbaumer, tagsüber Reisender in Seifenartikeln, sieht plötzlich seine Ehre verunreinigt, als ihm folgende Warnung zugeht:

„Ihre Gattin trifft sich in Ihrer Abwesenheit häufig ab 15 Uhr im Café Ehrenberg mit einem Herrn, der ihr bestimmt nicht Händchen hält, um ihr daraus die Zukunft zu prophezeien! Dafür steht aber Ihre persönliche Zukunft auf dem Spiel! Denken Sie daran, daß für viele Damen die Treue nur ein holder Wahn ist! Einer, der es gut mit Ihnen meint! Vier Ausrufungszeichen und ein Fragezeichen! Ende."

Solche und ähnliche Episteln, auch anonyme Briefe genannt, erhielten in den nächsten Tagen und Wochen wohl an die hundert Damen und Herren der näheren Umgebung.

Seither ist die Konditorei Ehrenberg – um im Volkston zu sprechen – bumsvoll, erfreut sich ungemeiner Beliebtheit und steigenden Zuspruchs, während Konditormeister Wackermann auf der gegenüberliegenden Seite sich bereits ernsthafte Sorgen macht, weil sein Umsatz ständig sinkt. Sein Kuchen ist keineswegs schlechter als der von Herrn Ehrenberg, sein Kaffee soll sogar besser sein, außerdem stellt er erstklassige Marzipanschweinchen her, die ja bekanntlich Glück bringen sollen.

Können Sie sich, verehrte Leser, einen Vers darauf machen, wieso Herr Ehrenberg bei leicht erhöhten

Preisen auf einmal die besseren Geschäfte macht? Himmeldonnerwetter, an irgend etwas muß es doch liegen, aber an was? –

Schenken macht Freude

Gibt es eine schönere Festesfreude, als seine Lieben zu Weihnachten mit Geschenken zu beglücken und ihre geheimsten Wünsche zu erfüllen?
Nachdem Herr Besser eine gute Viertelstunde vor dem Schaufenster des Spielwarengeschäftes gestanden war, um das An- und Abfahren der zierlichen Eisenbahnzüge zu verfolgen, fragte er seinen etwas gelangweilt neben ihm stehenden Sprößling, was er sich denn nun zu Weihnachten wünsche.
„Am liebsten einen Fußball und dazu passende Fußballstiefel!“ lautete die enttäuschende Antwort.
„Aber was willst du denn um Himmels willen mitten im kalten Winter mit einem Fußball anfangen, bei Schnee und Eis!“ entrüstete sich der ernüchterte Vater. „Eine Modelleisenbahn hingegen, als technisches Lehrmittel zumal –“
„Ich möchte aber einen Fußball haben, Papa! Und ein Paar Fußballstiefel!“
„Aber Peter! Jetzt wirst du kindisch! Einen Fußball kannst du dir doch immer noch im Frühjahr wünschen, wenn du Geburtstag hast! Ein richtiger Junge wünscht sich zu Weihnachten eine Modelleisenbahn! Mein Gott, wenn ich an deiner Stelle wäre, ich wüßte sofort, was ich mir wünschen würde!“

„Aber wenn ich doch einen Fußball möchte –"
Herr Besser ließ einen tiefen Seufzer vernehmen: „Also gut, also gut. Du enttäuschst mich, mein Junge. Aber wenn es dein Wunsch ist, bitte! Aber komm' mir nicht am Heiligen Abend und wünsch' dir plötzlich eine Eisenbahn –!"
„Aber wenn ich doch einen Fußball will, Papa!"
Die Stimme seines Sprößlings wurde jetzt beinahe weinerlich. Mit verhaltenem Ärger zog Herr Besser ihn mit sich in den Strom der Passanten, nachdem er noch einen letzten begehrlichen Blick in das Schaufenster geworfen hatte.
„Hast du Peter schon mal gefragt, was er sich eigentlich zu Weihnachten wünscht?" fragte Frau Besser am Abend unter der Lampe trautem Schein, während Herr Besser versonnen in den Fernseher döste.
„Tja, das ist so ein Problem", antwortete Herr Besser nachdenklich.
„Er kann sich nicht so recht entscheiden. Einerseits möchte er eine elektrische Eisenbahn, andererseits wünscht er sich aber auch, falls ich ihn recht verstanden habe, einen Fußball!"
„Das ist sehr vernünftig!" stellte Frau Besser befriedigt fest.
„Ein richtiger Junge muß einen Fußball haben! Da kommt er an die frische Luft und macht sich Bewegung."
„Dennoch", gab Herr Besser zu bedenken. „Man sollte – allein schon aus pädagogischen Gründen – eine Modelleisenbahn erwägen."
„Aber Egon! Willst du aus deinem Sohn einen Stubenhocker machen?"

„Mein liebes Kind! Wir leben in einem technischen Zeitalter!
Der Junge braucht technische Anregung! Schon allein deshalb bin ich dafür, daß wir ihm eine Modelleisenbahn…"
„Hast du dir schon mal überlegt, was so eine Eisenbahn kostet, Egon?"
„Ein Fußball ist auch nicht gerade billig, mein Kind. Außerdem bekomme ich ja mein Weihnachtsgeld, und im Interesse der geistigen Erziehung meines Sohnes bin ich zu jedem Opfer bereit!"
„Wie edel von dir!
Und meinen Pelzmantel kann ich wieder mal in den Wind schreiben, nicht wahr?"
„Die ältere Generation muß zurückstehen, wenn es um das Glück der Kinder geht!" dozierte Herr Besser mit Nachdruck.
„Na gut! Dann schenke du ihm eine elektrische Eisenbahn! Ich jedenfalls werde ihm einen Fußball schenken!"
Frau Besser hatte einen kleinen Schluchzer in der Stimme und schloß die Zimmertür ein bißchen lautstark hinter sich.
Aber am Weihnachtsabend war alles eitel Wonne, Kerzenschein und Festesjubel: Peter bekam seinen Fußball und zielte damit wiederholt auf die Spitze des Tannenbaumes mit dem Rauschgoldengel. Frau Besser erhielt einen Flakon ihres Lieblingsparfums nebst einem handgeschriebenen Gutschein für einen Pelzmantel gleich nach der nächsten Gehaltserhöhung, und Herr Besser lag bäuchlings auf dem Boden und spielte selig mit der Eisenbahn!

Es ist wirklich etwas Wundervolles, wenn wir uns mit Liebe und Verständnis untereinander unsere Weihnachtswünsche erfüllen –

Kurz und bündig

Der junge Mann zeigte sein strahlendstes Siegerlächeln. Er war gutaussehend, selbstsicher, seine Kleidung war geschmackvoll, ohne übertrieben zu wirken, die Welt stand ihm offen. Aber die Tür zum Allerheiligsten des Generaldirektors hatte sich noch immer nicht geöffnet.
Der junge Mann wartete vor der Höhle des Löwen und war bereit, mit dem Gottvertrauen eines Daniel den Kampf aufzunehmen.
„Er wird dich fressen!" flüsterte des Generaldirektors Töchterlein, seine heimliche Verlobte, mit ängstlichen Augen. „Er ist ein Scheusal, Geliebter! Er ist gefährlich wie ein Krokodil, kalt wie ein Eisberg, unzugänglich wie der Mount Everest, wortkarg wie ein Trappistenmönch! Er ist kein Mensch mehr, er ist nur noch eine gefühllose Rechenmaschine! Oh mein Geliebter –"
Sie schluchzte und legte ihr wohlonduliertes Köpfchen an seine breite Schulter. Der junge Mann streichelte ihr beruhigend über das seidige Haar, als wollte er sagen: „Keine Angst, mein Engel! Für dich und unser Glück trotze ich jeder Gefahr!"
„Er ist ein Ungeheuer!" weinte des Generaldirektors Töchterlein, und eine heiße Träne fiel auf ihren

hochkarätigen Armreif. „Er verachtet die Menschheit, er vertraut keiner Seele, er haßt private Gespräche, und er hat nie Zeit für die Sorgen der anderen –“
Der junge Mann faßte sie beruhigend um die Schulter, als wollte er sagen: „Und wenn die Welt voll Teufel wär' – wir beide gehören zusammen!“
Er zuckte nicht mit der Wimper und wankte auch nicht einen Schritt, als die hochnäsige Sekretärin endlich die Polstertür öffnete: „Herr Generaldirektor läßt bitten.“
„Komm' wieder, Geliebter“, flüsterte des Generaldirektors Töchterlein und legte ihr teuer beringtes Händchen auf ihr klopfendes Herz, das unter dem kostbaren Perlenkollier heftiger schlug.
Der junge Mann betrat mit einer leichten Verbeugung das Zimmer des Gefürchteten. Er lächelte siegessicher, auch als der Generaldirektor – mürrisch und eisgrau – keine Anstalten machte, zu ihm aufzublicken, nur mit knochiger Hand auf einen Sessel wies und in den Akten blätterte.
„Was wünschen Sie?“ fragte der Generaldirektor kalt.
„Ihre Tochter, Herr Generaldirektor!“ sagte der junge Mann und strahlte. Der Generaldirektor fingerte angewidert in seinen Unterlagen und antwortete abweisend:
„Ich habe wenig Zeit, junger Mann.“
„Das habe ich mir gedacht, Herr Generaldirektor.“
„Ich hoffe, Sie…“
„Selbstverständlich, Herr Generaldirektor. Ich kann eine Familie standesgemäß ernähren.“
„Ich nehme doch an…“

„Auch das, Herr Generaldirektor. Akademiker, juristisches Staatsexamen summa cum laude, soeben promoviert!“
„Sie sind...?“
„Aus bester Familie, Herr Generaldirektor. Gesund, vermögend, untadeliger Leumund!“
„Für den Fall...“
„... meines frühzeitigen Todes, Herr Generaldirektor, habe ich selbstverständlich eine Lebensversicherung abgeschlossen.“
„Haben Sie...“
„Die besten Fortkommenschancen, Herr Generaldirektor. Demnächst Übernahme in den diplomatischen Dienst.“
„Sie sind...“
„Jawohl, gegen Tropenkrankheiten geimpft, jederzeit in Übersee verwendungsfähig.“
„Und wenn...“
„... dabei etwas schiefgeht, Herr Generaldirektor, so bin ich doppelt abgesichert.“
„Darf ich...“
„Sie sollen es sogar erfahren, Herr Generaldirektor! Ich wäre jederzeit bereit, das Unternehmen meines zukünftigen Schwiegervaters zu übernehmen!“
Bei diesen Worten blickte der Generaldirektor zum erstenmal auf, so etwas wie ein anerkennendes Lächeln umspielte seine schmalen Lippen.
„Gut, junger Mann“, sagte der gefürchtete Generaldirektor. „Sie können sie haben!“ Er reichte dem strahlenden jungen Mann die Hand und drückte mit der freien Linken auf den Summer-Knopf seines Schreibtisches:

„Fräulein Wieselbach, lassen Sie sich von diesem jungen Mann die Personalien geben. Er heiratet meine Tochter. So, und nun die letzten Börsenberichte!“

Der junge Mann nahm im Vorzimmer zum Allerheiligsten seine blasse Verlobte glücklich in die Arme: „Ich weiß gar nicht, was du willst, mein Engel. Ich und dein alter Herr, wir haben uns glänzend verstanden...“

Meine Peep-Show

Gleich einleitend möchte ich bemerken, daß ich zu den Pechvögeln gehöre und grundsätzlich von Mißtrauen erfüllt bin, wenn es gilt, Entscheidungen zu treffen.

Ich hatte seit jeher einen dornenvollen Leidensweg zu absolvieren, mit dessen einzelnen Stationen ich Sie jedoch nicht langweilen möchte, nur soviel sei gesagt: Mein Vater hinterließ mir ein Sarggeschäft, das mich nur recht und schlecht am Leben erhielt, denn in unserer Gegend wurde auffallend wenig gestorben, und die meisten Leute zogen in eine andere Stadt, bevor sie das Zeitliche segneten.

Die Pechvogel-Maxime „Erbe ein Beerdigungsinstitut, und schon stirbt keiner mehr" bestärkte mich in dem Entschluß, auf eine Tankstelle umzusteigen, die eine äußerst günstige Verkehrslage aufwies. Allerdings hatte man mir beim Erwerb den Bebauungsplan verschwiegen, der genau an dieser Stelle die Errichtung eines Ministeriums vorsah. Bis Baubeginn zogen die Benzinpreise kräftig an und die Kunden vorüber, ohne zu halten. Denn mir gegenüber gab es eine andere Tankstelle, die vier Pfennige billiger anbot und übrigens heute noch floriert. Bei mir kauften eilige Kavaliere allenfalls mal ein

Fläschchen Benzin für ihr Feuerzeug oder destilliertes Wasser für ihre Batterie.
Gott sei Dank hatte ich einen guten Freund – in der Not fehlt es an solchen bekanntlich nie –, der mir einen Ratschlag gab. Gute Freunde geben immer gute Ratschläge: „Mensch, nimm deine restlichen Murmeln und mach' eine Peep-Show auf! Peep-Shows sind in diesen bescheidenen Zeiten der große Renner!"
Ich nehme an, Sie wissen, was eine Peep-Show ist?
Ich wußte es nicht.
„Was ist eine Peep-Show!" fragte ich naiv. Ich stellte mir irgend etwas Vogelartiges in einem Käfig piepend vor und murmelte auch etwas Entsprechendes.
„Na siehst du wohl", jubelte mein Freund, „da liegst du gar nicht mal so falsch, mein Guter! Eine Peep-Show, das ist ein Kasten mit Gucklöchern! Und durch die Gucklöcher gucken deine Kunden in den Kasten!"
„Warum sollten meine Kunden durch die Gucklöcher in den Kasten schauen, und was habe ich davon?"
„Weil du dafür Geld verlangen kannst, du Rhinozeros, und die Männer werden vor dem Guckkasten Schlange stehen!"
„Um in dem Guckkasten einen piependen Vogel zu sehen, wird kein Mensch auch nur eine müde Mark bezahlen!"
„Natürlich nicht, du Rindvieh! Weil ja auch gar kein Piepvogel in dem Guckkasten sitzt, sondern eine nackte Frau!"

Jetzt hatte ich endlich begriffen.
Mein Freund – er meinte es wirklich gut mit mir – beschrieb mir ausführlich, in welcher Weise sich die nackte Frau in dem Guckkasten zu bewegen habe, er erbot sich sogar, mir beim Bau des Guckkastens behilflich zu sein. Kurz und gut, er überzeugte mich immer mehr und schließlich restlos.
„Und vor allem: Klein anfangen!" rief er mir nach. „Nicht gleich übernehmen! Ganz klein anfangen! Mit der Frau und der Tochter!"
Ich machte alles genauso, wie mir mein Freund geraten hatte. Und er hatte es wirklich gut gemeint, dennoch mußte ich bereits nach vier Wochen Konkurs anmelden!
In meiner hektischen Existenzangst war mir ein kleiner Fehler unterlaufen, einer dieser unsichtbaren geistigen Stolperdrähte, an denen schon ganze Weltreiche zugrunde gegangen sind: Ich hatte meine Tochter an die Kasse gesetzt und meine Frau in den Peep-Kasten!
„Aber doch umgekehrt, du Unglückswurm!" rief mein Freund verzweifelt, als er von der Katastrophe erfuhr. „Umgekehrt! Deine Frau an die Kasse! Die Tochter in den Kasten! Umgekehrt, du Riesenroß!"
Natürlich, umgekehrt. In der Hast des Aufbaus hatte ich das irgendwie durcheinandergebracht. Sehen Sie, an solchen Kleinigkeiten zerbricht nun die Existenz eines Menschen...

Sexologie oder: Was ist Sex?

Sex ist eine Betätigung, die zumeist die fünf Sinne der Vernunft ausschaltet, so daß nur noch der sechste Sinn übrigbleibt, daher der Name. Sie kann sowohl mit weniger als auch mit mehr als sechs Personen ausgeführt werden. Sind es genau sechs, spricht man von einem *Sextett*. *Sex-Ted* kann aber auch ein amerikanischer Playboy sein, dann schreibt man das Wort mit Bindestrich und am Schluß mit D! Unter Sechsfach versteht man den vielkritisierten Aufklärungsunterricht an unseren Schulen, unter Sechsmal eine antike Orgie, die auch Bacchanal genannt wird. Sechsschuß enthält z. B. ein Trommelrevolver, man sollte aber weniger Munition verfeuern! Schon Luther sagte: „Die Woche dreimal oder vier schadet weder dir noch mir!“ Von Sechs (Sex!) sagt er kein Wort. Sechsseitig ist ein reines Bezugswort. Beispiel: *Sechsseitig* hatten Adam und Eva zunächst keine Berührungspunkte! Der Sextant dient zum Messen der Länge und der Breite! Allerdings lernt man so etwas keineswegs schon in der Sexta! Sextakkord liegt vor, wenn man sich in Harmonie gefunden hat! Dies kann bei Sechseckig kaum der Fall sein, denn wer stößt sich schon gern die Knochen wund?

Zum Sex gehören ferner:
1.) Der Sex-Appeal (Man erkennt unschwer darin die germanische Wurzel Apfel, niederhochdeutsch Äppel! Gemeint ist der Adamsapfel!)
2.) Eine gut gefüllte Brieftasche
3.) Möglichst eine Sauna und
4.) Henry Miller.
Ohne diese vier Grundprämissen läuft Sex nur auf Sparflamme und verdient allenfalls die Bezeichnung Sächsisch!
Aber mehr nicht!
Übrigens: Die sechste Stunde findet zumeist – oder hoffentlich – im Bett statt!

Der Manager

Die Deutschen sind ein fleißiges und solides Volk. Warum sie jedoch den Begriff „Tüchtiger Mensch" mit dem Terminus „Manager" umreißen, bleibt ihr Geheimnis. Offenbar gibt es dafür kcine treffendere Bezeichnung in der deutschen Sprache. Manager ist bekanntlich ein amerikanisches Wort. Aber so tüchtig kann gar kein amerikanischer Manager sein, um mit seinem deutschen Kollegen konkurrieren zu können, schon deshalb, weil der amerikanische Manager längst nicht so sehr an der teutonischen Überarbeitung leidet, für die das schöne deutsche Wort „Streß" gebräuchlich ist! Ein richtiger Manager, der in seinem Job was gelten will, ist gestreßt! Das sollte man allen Nachwuchsführungskräften ins Stammbuch schreiben!

Der richtige Manager schlingt grundsätzlich in einem fashionablen Grill-Room des Jet-Set zwischen eins und halb zwei ein saftiges Steak hinunter, bespricht dabei Geschäftliches, denn time is money and business before fun! Er redet eigentlich nur mit dem Ober deutsch, wenn das Steak zu zäh ist, oder wenn er ein Glas Wasser für seine Magen- und Herztabletten bestellt! Der Manager ist grundsätzlich ein tough boy! (Für deutsche Leser, denen dieser Beitrag nur unter Zuhilfenahme eines englischen Wörterbuches verständlich ist, noch schnell der Hinweis, daß ein tough boy ein hartgesottener Bursche ist!) Hartgesottene Burschen haben ein entsprechendes Gefühlsleben!

Mit anderen Worten: Auch für den verheirateten Manager ist das wichtigste Essential das Verhältnis zu seiner Sekretärin! Es muß nicht nur ein gutes sein, sondern möglichst jenes, das man unter einem Verhältnis versteht! Außer seinem Auto ist die Sekretärin des Managers sein wichtigstes Statussymbol! Sein Auto wiederum steht im umgekehrten Verhältnis zu seiner Sekretärin: Es hat dick und schwer zu sein, seine Sekretärin dagegen hochbeinig und schlank; beiden gemeinsam ist die untadelige Karosserie und der Lack.

Das sentimental life eines Top-Managers spielt sich gewöhnlich in der Form ab, daß er seine erste Sekretärin heiratet. Diese schickt er dann als grüne Witwe in ein luxuriöses Country-house mit Zweit- und Dritt-Wagen zum Langweilen beziehungsweise Kinderkriegen.

Inzwischen hat er sich eine neue Sekretärin zugelegt, mit der er das gleiche Verhältnis wie mit der ersten beginnt, die er geheiratet hat. Es muß dabei nicht unbedingt zur Scheidung kommen, denn Manager haben für das Privatleben – sorry, ich wollte natürlich private life sagen – wenig Zeit und können sich nicht mit Bagatellen aufhalten. Die Gattin des Managers ist natürlich mißtrauisch und kreuzt zu allen unmöglichen Zeiten unter allen möglichen Vorwänden im Office auf, denn sie weiß schließlich aus

eigener Erfahrung, zu welchen Tricks Sekretärinnen von Top-Managern fähig sind! Nachdem sie zwei- oder dreimal eine bierernste Convention der Geschäftsleitung (unsere Großväter sagten dazu noch Konferenz) gestört hat, ist der Manager der Meinung, daß es nun des Troubles genug sei. Er wechselt die Firma und geht in eine sehr entfernte Stadt. Dort wollten sie ihn schon immer haben, außerdem bieten sie dreitausend im Monat mehr!
Nun läßt sich der Manager nur noch alle sechs bis acht Wochen in seinem Bungalow im Grünen blikken; seine Kinder fremdeln vor dem „fremden Onkel", und seine Gattin plaudert mit auffallender Herzlichkeit mit einem gutaussehenden Bildhauer, der neuerdings „in ist" und seit kurzem ihr Grundstücksnachbar! Selbstverständlich hat der Manager keine Zeit, Verdachtsmomente zu nähren. Außerdem denkt er intensiv an seine neue Sekretärin in der fernen Stadt, die er schon vertraulich „Baby" nennt und die ihn für dieses Week-End eigentlich in ihr Apartment eingeladen hatte.
Es ist klar, daß so viel berufliche und private Verpflichtungen am Lebensnerv zehren. Tüchtigkeit fordert ihren Lohn.
Eines Tages bleibt der Manager in einer rush-hour mit seinem Wagen im Verkehr stecken. Er benutzt sein Auto-Telefon, um Baby anzurufen, die an ihrem freien Haushaltstag zu anderen Verkehrszwekken seiner harrt. Aber am Telefon meldet sich zu seinem Entsetzen seine Gattin mit dem drohenden Ausruf: „Komm nur, du big face! Baby liegt schon im Bett, aber krankenhausreif!"

Darauf erleidet der Manager einen endgültigen Herzinfarkt. Die gesamte Konzernspitze gibt ihm das letzte Geleit. In den Anzeigen steht: „Er war unser aller Vorbild. Wir werden sein Andenken stets in Ehren halten.“

Kaum eine Woche später betritt der neue Manager mit einem Siegerlächeln das Office: Gutaussehend, strahlend, ein Body-Building-Mann, wie er sein soll! Baby macht schmachtende Augen. Darauf lädt sie der neue Manager zwischen eins und halb zwei in den fashionablen Grill-Room zum Essen – sorry – zum Lunch ein! Das übrige – siehe oben!

Hund und Herr

Mit Recht rühmt man den Tieren nach, daß sie niemals etwas Unvernünftiges tun, denn der Schöpfer aller Dinge hat ihnen die Vernunft vorenthalten. Umso reichlicher stattete er den Menschen damit aus, und in dem Maße, wie der Mensch davon Gebrauch macht, erhebt er sich über das Tier oder bleibt unter seinem Niveau. Durchleuchten wir den Zitatenschatz, so werden Weiber zu Hyänen, und mancher brave Mann kommt auf den Hund.

Geraten Hunde in Streit, was man mit ihrer Unvernunft entschuldigt, so sollten wenigstens ihre Herren den Frieden wahren. Bleibt jedoch der Hund und nicht sein Herr – wie es zuweilen geschieht – Meister der Situation, so hätte das zufällige Zusammentreffen zweier würdiger Spaziergänger nicht eine so hundsgemeine Wendung genommen, wie sie bellend der Chronist vermeldet:

Feldblumen blühen am Wegesrand, Sommerwind trägt Glockenläuten über die Wiesen, himmelblau leuchtet der Sonntag über der Natur. Zwei Herren, von ihren Hunden an die Leine genommen, wandeln mit bremsenden Schritten aufeinander zu. An einem Kreuzweg begegnen sie sich, was nie etwas Gutes verheißt; lüften auch nicht wie in alten Bilderbuchgeschichten höflich die Hüte, sondern lasssen sich ohne erkennbaren Gebrauch ihres Menschenverstandes zu animalischen Reaktionen verleiten! Schon nämlich reißen ihre Hunde an den Leinen und wollen aufeinander los! Ach, würden die Hunde nicht so eng mit den Menschen zusammenleben, sie hätten gewiß nicht so viele menschliche Untugenden angenommen: Zum Beispiel mögen sie sich nicht!

„Leo, komm' sofort zurück!"

„Fifi, kusch! Kusch, sag' ich! Fifi, hörst du nicht?"

Hunde haben vieles mit Menschen gemeinsam. Sie hören nur, was sie hören wollen! Sie sind aggressiv und laut! Sie bellen, um sich jedem Argument zu verschließen, und sie tun dem andern gern weh! Sie knurren und beißen – kurz, sie benehmen sich ganz wie die Menschen, die man ja deshalb zuweilen mit Hundsfott oder Hundesohn bezeichnet!

„Leo! Zurück!"

„Fifi! Fifi! Verdammt nochmal! Pfeifen Sie gefälligst Ihren Hund zurück!"

„Wieso ich meinen? Pfeifen Sie Ihren zurück! Ihre Misttöle hat schließlich angefangen!"

„Herr! Wie reden Sie über meinen Hund?"

Hunde, die sich beißen, haben meistens Herren, die sich beschimpfen! Aber bellen und knurren tun sie jetzt alle vier! Bald kann man nicht mehr unterscheiden, wer mehr bellt und weniger knurrt! Der Hund und sein Herr? Der Herr und sein Hund?

„Herr, Sie –!"

„Sie sind ein Flegel! Ein ausgesprochener –"

„Wiederholen Sie das nochmal!"

„Ich werde es Ihnen schriftlich geben, Sie Lümmel!"
„Ich verbitte mir Ihre Kutschermanieren!"
„Sie haben sich überhaupt nichts zu verbeten, Sie Rüpel!"
Und nun ist es soweit: Zwei Hunde beißen sich! Und zwei Herren balgen sich wie zwei losgelassene Köter, wobei auch noch zwei Regenschirme vor die Hunde gehn! Dann wird es wieder menschlich, denn der eine der Herren zieht eine Pistole! Hunde können keine Pistolen ziehen, weshalb sie trotz ihrer Rauflust auch nicht zu den eigentlich gefährlichen Kreaturen zählen! Ein Schuß fällt nicht!
Aber auf dem nächsten Polizeirevier fällt die menschliche Maske: Zwei würdige Herren, friedliche Sonntagsspaziergänger, jeder an der Leine seines Hundes, enthüllen ihre Identität: Herr Bankdirektor und Herr Amtsgerichtsrat verbeugen sich förmlich und verlegen bei der amtlichen Feststellung ihrer Personalien.
Visitenkarten werden nicht getauscht. Sekundanten erscheinen nicht. Auch ein Duell findet nicht statt.
Seit wir der steifen Konventionen ledig sind, sind die menschlichen Beziehungen ja viel freier – „menschlicher" geworden! Zudem: Ein Amtsgerichtsrat, der die Gerechtigkeit mit der Waffe in der Hand verteidigt, ist ein edles Symbol der Menschenwürde in unserem ungerechten Jahrhundert! Er wirkt beruhigend, trotz allem Gebell.
„Der Mensch ist gut!" hatte Rousseau vor zweihundert Jahren festgestellt. Sollte er am Ende Herr und Hund verwechselt haben? Rousseau soll kurzsichtig gewesen sein...

Picknick im Grünen

Es wird so viel für die Touristik getan. Wo unsere Vorväter an Wegeskreuzungen stille Kapellen erbauten zur Einkehr bei uns selber, leuchten heute schmucke Tankstellen dem schönheitstrunkenen Auge. Kein Wegelagerer bedroht den rastlosen Wanderer in seinem Wagen, dafür erleichtern uns clevere Hoteliers in der Hochsaison auf ihre Weise; ein Hilferuf wäre zwecklos, denn er würde im Verkehrs- und Transistorenlärm der ruhigen Kurorte untergehen. An der Adria kann man deutsche Würstchen essen, deutsches Bier trinken, deutsche Soldatenlieder hören und deutsche Mädchen kennenlernen.
In jedem Reiseführer kannst du nachlesen, wo du teuer speisen kannst und wo du Striptease siehst, wenn es in Monte Carlo regnet. Schlag' den Baedeker auf, dort steht vermerkt, in welchem denkwürdigen Jahr die erste Taube auf dem Markus-Platz gelandet ist (ich habe die historische Fliese mit dem versteinerten Exkrement bis heute leider nicht entdeckt, da ich alten Taubendreck von neuem Taubendreck nicht unterscheiden kann). Wenn du mit deinem Auto liegenbleibst, findest du in dem Handbuch „Tausend Kniffe für den Kraftfahrer" anschauliche Ratschläge, wie du den Schaden am schnell-

sten behebst – nämlich: indem du einen der auf den letzten Seiten aufgeführten Abschleppdienste verständigst, weil es erfahrungsgemäß noch am billigsten kommt. Sogar einen Wegweiser gibt es für den systematischen Naturforscher; darin sind alle sündigen Abstiegen von Paris verzeichnet mit den Adressen der Ärzte, die bei kleinen Pannen Erste Hilfe leisten. Kurzum – für jede touristische Exzentrizität gibt es einen Leitfaden, ein Handbuch. Nur für das Picknick noch nicht!

Wenn man Picknick machen will, ist man, so unglaublich das in der zweiten Hälfte des 20. Jahrhunderts klingen mag, auf Eigeninitiative und somit auf Improvisation angewiesen! Nichts ist da festgelegt. Weder der Ort, das Wetter, deine Nachbarn, noch die Konservenbüchsen deiner Vorgänger. In einer uniformierten und reglementierten Welt ist Picknick eines der letzten Abenteuer, denen der Mensch sich ausliefern darf; man weiß nie, wo es hingeht und wie es ausgeht! Jedenfalls mache ich immer wieder diese nervenkitzelnde Erfahrung. Zum Beispiel: Ich rase über die Route Nationale 4 in Richtung Paris, meine bessere Hälfte schildert mir anschaulich die Landschaft, da ich nur Augen für die Rücklichter meines Vordermannes habe, und mahnt zum Langsamfahren; meine Tochter ruft aus dem Fond: „Fahr' doch schneller, du lahme Ente! Uns überholt schon wieder ein Franzose!“ Was tu' ich also als guter Deutscher? Ich trete das Gaspedal ganz durch, denn wenn wir schon Kriege verlieren, so wollen wir wenigstens im Straßenverkehr die Sieger bleiben. In der Unfallstatistik sind wir's ja

schon. Also rase ich weiter, und wenn man stundenlang so auf der Route Nationale rast, kriegt man vom Rasen Hunger. Ich und meine Passagiere. Folglich beschließen wir, Picknick zu machen. Ich drossele die Geschwindigkeit, um einen Picknickplatz ausfindig zu machen und gehe von strammen 160 auf gemütliche 150 runter. Das Ergebnis ist, daß ich an allen geeigneten Picknickstellen vorüberhusche, da ich immer zu spät auf die Bremse trete und auch nicht etwa umdrehe, denn Rückzug, das haben wir im Krieg gelernt, ist Feigheit! Wenn wir dann die Vorstädte von Paris erreichen, schreien wir uns an, denn wir sind ausgehungert und daher mißgelaunt, und meistens halten wir dann vor unsrem Hotel so gegen halb vier, wenn es in Paris nichts Vernünftiges mehr zu essen gibt, denn die meisten Franzosen haben eben schon rechtzeitig Picknick gemacht!
Es gibt noch eine zweite Version: Eine kurvenreiche Bergstraße läßt keine größere Geschwindigkeit zu. Ich schaue auf die Landschaft, weil ich niemanden vor mir habe, den man überholen könnte, und wenn man so stundenlang auf die Landschaft schaut, kriegt man vom Schauen Hunger. Ich und meine Passagiere. Folglich beschließen wir, Picknick zu machen. Wir finden tatsächlich ein Plätzchen, wo noch keiner sitzt. Keine Konservenbüchsen, keine Zeitungen, kein fettiges Butterbrotpapier, keine zerknüllten Tempotaschentücher. Dafür eine grüne Wiese zum Picknicken, ein paar dichte Büsche für das Gegenteil, sogar ein Bächlein für das Geschirr, ein Feldweg mit Blick ins Tal. Geradezu ideal. Ich manövriere den Wagen auf den Feldweg und kom-

mandiere: „Alles auspacken!“ Dann laß ich mich in meinen Campingsessel fallen, denn nach der vielen Bewegung im Auto möchte man mal etwas ruhig sitzen, und gucke zu, wie sich meine Tochter an dem Camping-Kocher die Finger verbrennt. Dann seufze ich: „Ah, diese gute Landluft! Ah, dieser Friede –!“ Und dann klingelt es. Aber es ist kein Radfahrer, sondern eine ganz gewöhnliche Kuhglocke. Und an der Kuhglocke befindet sich eine Kuh, und hinter der Kuh befindet sich noch ein ganzes Marschbataillon anderer Kühe, und die wollen ausgerechnet über unseren Picknick-Platz marschieren; und die Oberkuh schnüffelt in aller Seelenruhe an unserem Camping-Koffer und leckt die drei Teller aus, von denen wir noch gar nicht gegessen haben. Natürlich reiße ich ihr die Teller weg, aber wie ich mich wieder aufrichte, steht vor mir ein Ochse und hinter dem Ochsen ein hochgetürmter Heuwagen und auf dem Heuwagen ein Bauer, aber der steht nicht, sondern sitzt, und der Ochse mit dem Heuwagen und dem Bauern steht genau auf dem Feldweg, auf dem ich mein Auto geparkt habe und will vorbei! Und dann brülle ich: „Alles einpacken!“, denn mir sind Lust und Appetit vergangen, und anschließend im Wagen brüllen wir alle drei durcheinander, und dann suchen wir uns irgendeinen überfüllten Gasthof, dort lassen wir uns – inzwischen ist es Kaffeezeit – die schäbigen Reste vom Mittagsmahl mit einer verlängerten Sauce servieren.

Auf der Rückfahrt, die in verärgerter Schweigsamkeit erfolgt, habe ich manchmal Visionen: Wir sitzen – endlich allein – im Vorgenuß irgendeines

Picknicks auf einem stillen Picknick-Platz! Plötzlich von hinten eine Kuhherde, von links ein Heuwagen, eine singende Infanterie-Kompanie von rechts und ein Panzer von vorn! Und während wir hastig unsere Utensilien zusammenpacken, Fallschirmjäger von oben, denn wir sind in ein Nato-Manöver geraten!
Nein, es klappt nicht mit dem Picknick.
Neuerdings machen wir es so: Wir picknicken erst in der Wohnung und machen dann unsere Autotour. Oder: Wir machen erst die Autotour und machen dann in der Wohnung Picknick! Aber das klappt auch nicht immer: als wir neulich nach Hause kamen, um endlich in Ruhe in unserer Wohnung zu picknicken, stellten wir fest, daß wir die Wohnungsschlüssel auf einem schattigen Wiesenplätzchen liegengelassen hatten, das wir uns für das nächste Picknick im Grünen ausgesucht hatten!
Und somit geht mein Appell an alle einschlägigen Verleger: Laßt einen Leitfaden für Picknick schreiben! Es gibt darin ja so viele interessante Fragen zu beleuchten: Wie man sein Papier am anmutigsten verstreut! In welcher Richtung man geöffnete Konservendosen wirft! Welche Büsche die beste Dekkung gewähren! Und vor allem: Wie man einen ruhigen Picknick-Platz findet...

Das strahlendste Schwarz meines Lebens

Wie kam ich darauf, daß ich kürzlich wieder an ihn denken mußte? Hatte mich das Gerede von der Energiekrise darauf gebracht? Hie Öl – hie Kohle – gut allerwege? Das muß es wohl ausgelöst haben, als ich an einem unverhofften Sonnentag an jener weißen Villa vorüberschritt; an einem schwanenweißen Gebilde mit artigen Rundbögen, verzierten Simsen und geflügelten Putten in ovalen Nischen, mit Oleandergebüsch und geharkten Kieswegen, von einem hohen Eisenzaun mit vergoldeten Spitzen umschlossen.

Weiße Villen dieser Art, aus einer Epoche, da Ruhe und Beständigkeit noch zur Tagesordnung gehörten, erwecken in mir unverändert die Reminiszenz an jene Zeit vor über vierzig Jahren, als unsere Welt so irreparabel schien, wie sie es heute leider ist. Denn in einer dieser distinguierten, kühlen Behausungen, die Würde und Unnahbarkeit ausstrahlten, wohnte damals – unser Kohlenmann!

Sie haben richtig gelesen. Die Welt lag in Trümmern, das Unterste war zuoberst gekehrt, das Große war klein, das Kleine war groß, und in jener blütenreinen Villa, die sozusagen die Unschuld einer alten

Jungfer über zwei Weltkriege gerettet hatte, dem strahlenden Weiß unberührter Betten vergleichbar, in jenem steingewordenen Schlagsahnetraum der Gründerjahre hatte sich der Mann etabliert, der uns mit Kohlen belieferte. Man verstehe mich recht: Ich habe weder soziale Kritik auf der Palette noch ein Klagelied über die Umwertung aller Werte, und nichts hätte mir ferner gelegen, als dem braven Mann sein feudales Logis womöglich nicht zu gönnen! Nein, tief eingegraben in meine Erinnerung hat sich dieser anschauliche Kontrast zwischen Weiß und Schwarz in seiner sozialen Überschneidung, dieser beinah tremolierende Reiz, mir vorzustellen, wie ein kohlebestäubter Arbeitsmann mit Lederkoller, in schwarzgefleckten blonden Cordhosen, mit dem Gesicht eines verschwitzten Schornsteinfegers nach vollbrachtem Tagewerk in derben Stiefeln in diesen Alabastertempel stapft, in dem man eher das herbe Parfum des Hanseatengeistes vermuten durfte als die ätzende Transpiration eines erschöpften Kohlenträgers.

Dabei habe ich ihn nur ein einziges Mal in seiner Arbeitskluft erlebt. Nämlich als er uns die Kohlen brachte. Die übrigen Male, da ich ihm begegnet bin, trug er einen etwas knapp geschneiderten blauen Zweireiher, in dem er wie ein stark gealterter Konfirmand aussah, und saß bei uns zu Hause sittsam bei Tisch. Bei Kaffee und Kuchen. Meistens saß seine Frau mit dabei, im guten Geblümten, die Figur schon ein wenig aus den Fugen wie die ganze Zeit, doch würdevoll durchaus und sich bewußt ihrer hohen sozialen Mission. Der Kohlenmann mit Frau aß unseren Kuchen, trank unseren Kaffee, rauchte unsere Zigaretten. Wir teilten mit ihm redlich den Inhalt unseres Care-Pakets, und er trug uns dafür redlich seine Kohlen ins Haus. Ich will nicht behaupten, daß es damals eine schöne Zeit war, jedoch es war eine menschliche Zeit. Nie wieder war der Kontakt von Mensch zu Mensch schlechthin so eng, so frei von Vorurteilen, Standesdünkel und Bildungsschranken. Ich weiß nicht mehr, worüber wir damals bei Tische gesprochen haben. Wahrscheinlich über Briketts, und wann es sich wohl wieder machen ließe. Und wenn der Kohlenmann sich räusperte, um uns vielleicht ein Wort der Verheißung zu sagen, vielleicht noch ein vages Versprechen einer möglichen Lieferung, dann wurde es mucksmäuschenstill. Wir spitzten die Ohren und lauschten voll Andacht, als würde er uns jetzt eine der Einsteinschen Formeln erklären. Und meine Mutter sagte dann in das Schweigen: „Essen Sie nur tüchtig, Sie mit Ihrem schweren Beruf müssen kräftig zulangen!" Und heimlich zählte sie die noch übrigen Tortenstücke. Natürlich hatte der Kohlenmann tüchtig zugelangt, und wir hatten sehr lebhaft die Heizungskalamität diskutiert; es war ein richtig anregender Nachmittag, wie man ihn heutzutage kaum noch erlebt.

In den folgenden Monaten stieg der Kohlenmann immer mehr in seinem Prestige. Eines Tages mußte er wohl selber gemerkt haben, was er sich und seiner Mitwelt schuldig sei, denn er gab in seiner weißen Villa einen Empfang. Jawohl, einen richtigen Empfang so nach dem Muster eines Jour fixe! Verzehr und Getränke waren natürlich mitzubringen, aber es war doch wenigstens eine ehrliche Veranstaltung, die nicht im unverbindlichen Geplapper einer modernen Cocktailparty unterging. Denn jeder, der erschien, wußte genau, was er wollte: nämlich Kohle! Ich erinnere mich, daß es damals mit der Heizmaterialversorgung besonders trübe aussah; und da wir in Erfahrung gebracht hatten, daß unser Kohlenmann Vater einer heiratsfähigen Tochter war, beorderte mich meine Mutter auf diese wichtige gesellschaftliche Veranstaltung, weil sie in Anbetracht der frostigen Zeiten vielleicht der Hoffnung frönte, daß ich und die Tochter unseres Kohlenmannes in eine wärmere Zukunft treten könnten. Zur Feier des Tages hatte ich sogar eines meiner frühen Gedichte geschrieben, in welchem sich zum Beispiel Dohle auf Kohle reimte, was ja, da beide von Natur aus schwarz sind, einen anschaulichen Effekt ergeben hätte. Ich hatte damit dem Kohlenmann und seiner Gattin, vor allem natürlich aber der Tochter des Kohlenmannes imponieren sollen, aber es wurde nichts daraus, die Tochter war gar nicht erschienen; sie hatte es, wie es damals hieß, mit einem Amerikaner, und der brauchte keine Kohlen. Später, als die Zeiten das wurden, was man heute paradoxerweise als normal bezeichnet, haben wir uns aus den Augen verloren, der Kohlenmann und wir. Ich glaube nicht, daß er, sollte er noch am Leben sein, noch immer in jener weißen Villa wohnt. Doch jedesmal, wenn ich an weißen Villen vorübergehe, muß ich an ihn denken und frage mich, wann es das nächste Mal soweit sein wird –

Wir wollen es ja nicht annehmen, aber wenn man bedenkt, wie hoch man uns die Ölkanne bereits hängt! – Wird es dann in der Not wieder einen Kohlenmann geben?
Und Kohlen –?

Das Kasperletheater

Ich bin ein großer Bastler vor dem Herrn. Ich verstehe mit Laubsäge, Leimtopf, Hammer und Zange umzugehen, ohne mich der Gefahr der Selbstverstümmelung auszusetzen, weshalb sich weniger Geübte gern ratsuchend an mich wenden. Guter Rat ist nicht teuer, besonders zur Weihnachtszeit, wenn man außer von festlichen Gefühlen auch noch von Bastlerleidenschaft heimgesucht wird. Basteln ist ein herrliches Hobby, das außerdem Sparen hilft, und es stärkt beträchlich das Selbstbewußtsein, wenn man seine Lieben unter dem Christbaum mit etwas Selbstgefertigtem überraschen kann.
Kostspielige Dinge kaufen kann jeder, falls er die nötigen Mittel dazu hat, doch selber etwas herstellen, besonders zum Weihnachtsfest, dazu muß man schon Bastler von echtem Schrot und Korn sein!
Vor etlichen Jahren hatte ich für meine damals knapp vierjährige Tochter ein wunderschönes Kasperletheater projektiert, im Do-it-yourself-Verfahren, das ich nur wärmstens empfehlen kann. Ich möchte Ihnen kurz berichten, wie die Angelegenheit verlaufen ist, da ich nicht zu den Egoisten gehöre, die gute Rezepte ihren Mitmenschen vorenthalten. Wenn Sie also, lieber Leser, alles genauso

machen wie ich damals, werden Sie zu dem gleichen Resultat kommen wie ich seinerzeit und eine große Weihnachtsfreude haben. Ich sollte nun eigentlich mit „Man nehme“ beginnen, da die Geschichte aber schon eine beträchtliche Weile zurückliegt, gestatte man mir das Imperfekt.
Ich nahm also damals einen Bogen Papier und zeichnete mit Lineal und Bleistift Vorder- und Seitenteile eines Kasperletheaters auf mit den entsprechenden Maßangaben. Das ist nicht besonders schwierig und ohne bastlerisches Geschick zu bewältigen. Nun galt es, nach den angegebenen Maßen Hartfaserplatten zurechtschneiden zu lassen, denn ich wollte selbstverständlich etwas Solides und Dauerhaftes zustande bringen. Ich kannte einen guten Schreiner, nur fünfhundert Meter von meiner Wohnung entfernt. Zuvor jedoch benötigte ich zum Transport der erwähnten Platten einen Volkswagen in Käferform. Ich besaß zufällig einen solchen und mache interessierte Bastler darauf aufmerksam, daß nur Automodelle mit Fließheck für die Erstellung eines Kasperletheaters geeignet sind. Der erstaunte Leser wird gleich erfahren warum. Auf das Dach meines Käfers montierte ich einen handelsüblichen Gepäckträger, außerdem nahm ich als Ladehilfe und Beifahrer noch unseren Großvater mit. (Für Bastelbeflissene noch schnell der Hinweis, daß es im Notfall auch eine Oma oder Tante tut; Großväter sind aber wegen ihrer besseren Affinität zu Bastelarbeiten vorzuziehen.) Nachdem ich in einem Eisenwarengeschäft Scharniere und Schrauben erworben hatte, fuhren wir, das heißt der Opa und ich, zum Schrei-

nermeister, der uns im Handumdrehn die Platten maßgerecht zuschnitt. Es ist ein wahrer Genuß, dieselben auf der Dachgalerie zu verstauen in der Vorfreude, sie zu Hause in der Küche oder im Wohnzimmer, zwar nicht immer zur Freude der Hausfrau, zusammenzusetzen. Da es wie gesagt nur fünfhundert Meter bis zu unserer Wohnung war, verzichteten wir darauf, die Ladung auf der Dachgalerie zu verschnüren und traten im vorsichtigen Tempo die Heimfahrt an. Schneeflocken begannen dichter und dichter zu rieseln, was die Weihnachtsbastelei besonders stimmungsvoll gestaltete. Die Sicht war schlecht, aber was machte das schon, in uns war weihnachtliche Erwartung. Denn sonst hätte uns eigentlich auffallen müssen, daß es bei jedem Halt vor einer Querstraße so merkwürdig rumpelte und polterte. Der schlechten Sicht wegen aber konzentrierten wir uns, Opa und ich, ausschließlich auf den Links- und Rechtsverkehr aus den Nebenstraßen. Als wir schließlich im dichten Schneegestöber vor unserem Hause eintrafen, erlebten wir eine vorzeitige Festbescherung, die nicht ganz unserer Erwartung entsprach: Sämtliche Hartfaserplatten auf unserer Dachgalerie hatten sich selbständig gemacht! Die Schubkraft der Bremswirkung hatte sie über das Fließheck in eleganter Rutschpartie auf das verschneite Straßenpflaster befördert!
Nun soll sich, was ein rechter Bastler ist, durch ein kleines Mißgeschick nicht gleich entmutigen lassen! Pfiffig währt am längsten, sagten wir uns, und fuhren die Strecke nochmals zurück, um die verlorenen Hartfaserplatten wieder einzusammeln! Leider

war uns bei diesem Unternehmen kein Bastlerglück beschieden! Sei es, daß die Schneedecke mittlerweile schon zu hoch geworden war, sei es, daß an jenem Vorweihnachtsabend Leute mit ähnlichen bastlerischen Ambitionen unterwegs gewesen sind, die einzelne Hartfaserplatten an verschneiten Straßenecken als willkommene Gabe des Christkindes betrachteten – kurzum, wir, das heißt unser Opa und ich, haben nicht einen einzigen Bestandteil unseres Kasperletheaters wiedergefunden! Der Schreiner hatte inzwischen seine Werkstatt geschlossen, und am nächsten Tag war Heiligabend! Was tat also der praktische Bastler, der sich bekanntlich immer zu helfen weiß? Er kaufte am folgenden Vormittag im nächsten Warenhaus das letzte Kasperletheater, das gerade noch vorrätig war! Zwar war es schon etwas lädiert und sollte eigentlich als unverkäuflich ins Lager zurückgehen, aber da ich unbedingt ein Kasperletheater brauchte, habe ich es trotzdem gekauft. Ich glaube, der Verkäufer ist mir noch heute dankbar dafür. So also, lieber Leser, war es meiner Umsicht und meinem bastlerischen Geschick zu verdanken, daß unter dem Christbaum ein Kasperletheater stand, das viel Freude und Vergnügen auslöste! Ich war stolz darauf, hatte ich doch so viel Mühe und Aufregung in das Projekt investiert!
Wenn Sie es also genauso machen wie ich damals, garantiere ich Ihnen ein gleiches Resultat und fröhliche Weihnachten! Deshalb also „Gut Bastlerheil" oder – wie man auf deutsch sagt – „Do it yourself" …

Gesegnete Mahlzeit

In den zwanziger Jahren empfahl uns ein beliebter Schlager: „Wenn du eine Tante hast, sag ihr, ich laß sie grüßen!“ Am Ende der dreißiger Jahre rühmte man: „Die Tante Ottilie ist nicht schön wie eine Lilie, aber gut!“
Auch ich habe eine Tante; sie ist nicht schön, aber gut, und Ottilie heißt sie auch. Deshalb sei an dieser Stelle von ihr die Rede, nicht von ihren Reizen, derer sie – wie schon gesagt – ermangelt, sondern von ihrer Güte oder vielmehr von ihren guten Absichten. Gute Absichten – wohl jeder wird mir da beipflichten – sind besser als böse Absichten, manchmal jedoch können auch die besten Absichten zur Plage werden. In einer Abwandlung des bekannten Goethe-Wortes könnte man in bezug auf Tante Ottilie sagen: „Sie ist die Kraft, die stets das Gute will und Komplikationen schafft!“
Tante Ottilie gehört nämlich zu den Menschen, die glauben, auch die entferntesten Neffen und Nichten zum Essen einladen zu müssen, weil sie der Meinung ist, daß sich die gesamte Verwandtschaft falsch ernährt! Gasthäuser und sonstige Restaurationsbetriebe sind für sie tabu, nicht etwa, weil Tante Ottilies Finanzen dafür nicht ausreichen wür-

den, sondern weil ihr bezahltes Essen wahrscheinlich genauso verdächtig ist wie bezahlte Liebe, obwohl ich zugeben muß, daß wir letzteres Thema weder bei Tische noch sonstwo jemals mit Tante Ottilie diskutiert haben.

Jedesmal wenn wir Tante Ottilie besuchen – und wir müssen sie besuchen, weil sie unsere Erbtante ist – jedesmal versuchen wir dann, mit süßsaurem Lächeln ihrer Einladung zuvorzukommen: „Aber liebe Tante Ottilie, jetzt waren wir schon so oft deine Gäste! Du beschämst uns! Diesmal, liebe Tante, bist du von uns eingeladen!“ Und jedesmal holen wir uns von Tante Ottilie einen Korb mit dem überzeugenden Argument: „Aber ihr werdet euch doch nicht vergiften wollen, meine Lieben! Ihr seid selbstverständlich wie immer meine Gäste, das wäre ja noch schöner! Und außerdem habe ich ja schon alles vorbereitet!“

Wir lassen uns dann, Olga und ich, mit sehnsüchtigem Wehmutsblick auf das gegenüberliegende gutbürgerliche Restaurant von Tante Ottilie in ihr Haus komplimentieren und wissen sogleich, daß uns Schreckliches bevorsteht. Ach wie oft haben wir uns in solchen Minuten gewünscht, daß Tante Ottilie sich im Restaurant vis-à-vis wirklich einmal vergiften möchte, obwohl ich zugeben muß, daß dies bei so viel Liebe und Fürsorge seitens Tante Ottilies kein feiner Zug von uns ist. Wenn ich aber verrate, daß wir bei der Ankunft vor Tante Ottilies Haus zumeist fünf Stunden Autobahn absolviert haben und dann von Tante Ottilie und einem obligaten Nudelauflauf erwartet werden, der ebenso viele

Stunden im Wasserbad warmgehalten wurde und nach nichts oder im Höchstfall nach Pappmaché schmeckt, so wird man vielleicht unseren moralischen Tiefstand verstehen. Außerdem ist zu bezweifeln, ob in solchen desperaten Fällen Gift in den Speisen ein zuverlässiges Mittel ist. Erbtanten, besonders solche, die auf Gesundheitskost geeicht sind, erweisen sich als unverhältnismäßig zäh und widerstandsfähig!

Bei einem unserer letzten Besuche allerdings hatte sich Tante Ottilie, im allgemeinen eine konsequente Verächterin von Büchsenfleisch, in ihrer herzlichen und überfließenden Güte für Olga und mich eine besondere Überraschung ausgedacht: „Liebe Kinder, ich kenne euren verderblichen Hang zu Fleischkonserven mit ihren schädlichen Konservierungsmitteln. Aber eure Tante Ottilie will sich keine Unduldsamkeit nachsagen lassen. Und heißt es nicht, daß ‚einmal keinmal sei'? Diesmal habe ich für euch im Vorratskeller eine delikate Büchse Corned Beef bereitgestellt, die euch vortrefflich munden wird!"

Für erstaunt aufhorchende Leser möchte ich ausdrücklich bemerken, daß Tante Ottilie tatsächlich das Verbum „munden" gebrauchte, das man ins prosaische Neuhochdeutch mit dem allgemeinverständlichen Deponens „schmecken" übersetzen kann. Leuten, die „munden" statt „schmecken" sagen, soll man mißtrauen, denn sie wissen höchstwahrscheinlich nicht, was „schmeckt". Aber wir hatten sechseinhalb Stunden auf einer verstopften Autobahn zugebracht, unsere Mägen hingen schon tiefer als die vielzitierten Kniekehlen, außerdem war es bereits dunkel und nach acht, und die Aussicht, an diesem Abend ausnahmsweise von Tante Ottilies Kochkünsten verschont zu bleiben, stimmte uns zuversichtlich. Wir waren müde, ausgehungert und natürlich dankbar, daß wir uns um nichts zu kümmern brauchten. Das leckere Corned Beef stand bereits als umgestülpter Wabbelhut auf einer Untertasse allerliebst mit der unvermeidlichen Rohkost garniert, im Brotkorb lagen neben dem gefürchteten Knäckebrot tatsächlich einige blanke Scheiben knusprigen, duftenden Landbrotes, neben der Reformmargarine gewahrte das erstaunte Auge ein Steingutfäßchen mit Molkereibutter, und Olga und ich riefen, was selten vorkommt, wie aus einem Munde: „Tante Ottilie! Diesmal hast du dich selbst übertroffen!"

Unsere Begeisterung war ehrlich, unsere Augen glänzten zügellos und gierig, und Tante Ottilie nahm die Huldigung mit geschmeicheltem Lächeln würdevoll entgegen. Dann zündete sie Kerzen an, wofür wir ihr wiederum dankbar waren, weil ihr mildes Licht den materiellen Zug in unserer lechzenden Physiognomie wohltuend temperierte, und als wir gerade nach einem höflichen Räuspern kräftig zulangen wollten, klappte sie trotz unserer knurrenden Mägen ein Buch mit Goldschnitt auf, aus dem sie einen längeren Trinkspruch von hoher geistiger Warte verlas. Es war darin sehr viel von der Atzung der Seele die Rede, von gedanklicher Durchkraftung und wehendem Schicksalsfeuer, und ich gebe freimütig zu, daß wir beide, Olga und ich, von all

dem Tiefsinn nicht viel mitbekommen haben, denn um es mit Brecht einmal vulgär zu formulieren: „Erst kommt das Fressen, dann kommt die Moral."
Nachdem der Tischspruch mit einer edlen geistigen Ermahnung geendet hatte, blickte Tante Ottilie mich mit leuchtenden Augen an – Tante Ottilie hat wie alle Reformmenschen immer leuchtende Augen – wohl in der offensichtlichen Erwartung, von mir eine tiefschürfende ergänzende Bemerkung zum soeben Verlesenen zu vernehmen.
Leider fiel mir nichts ein, zudem demonstrierte mein proletarischer Magen wiederum lautstark gegen alle Geistigkeit, so daß mir nichts weiter übrigblieb, als mit einem hemdsärmeligen „Na, dann woll'n wir mal!" zu reagieren. Olga hatte wenigstens noch geistesgegenwärtig „Guten Appetit" gewünscht, worauf Tante Ottilie leicht verstimmt ihre Stirn senkte und ein Tischgebet sprach. Dann blickte sie wieder leuchtenden Auges auf und wünschte „Gesegnete Mahlzeit".
Nur allzubald sollten wir merken, daß wir den Segen nötig hatten! Es muß wohl an der sanften Kerzenbeleuchtung gelegen haben, daß wir nicht so recht wahrnehmen konnten, was wir da auf die Brotschnitte legten, und an unserem Heißhunger, daß wir es nicht so richtig herausschmecken wollten. Oder lag es daran, daß Tante Ottilie unsere Gläser mit Quittensaft gefüllt hatte anstatt mit dem erhofften Bier? Wir hoben die leicht klebrigen Pokale, konnten unsere Enttäuschung gottlob im Halbdunkel der beiden Armleuchter verbergen, kamen zu dem Schluß, daß Tante Ottilie in allen gastronomi-

schen Dingen ein hoffnungsloser Fall war und logen höflich, daß es uns „vortrefflich munde“! Tante Ottilie pickte unterdessen an ihrem üblichen Gesundheitskörnerfutter und knusperte an einem spröden Reformgebäck, das die Assoziation von Hundekuchen beschwor und die Aussicht, Tante Ottilie eines Tages bellen zu hören. Ich konnte mir nicht helfen: Ich fand das Corned Beef in etwas ungewöhnlicher Weise gewürzt und stellte zudem einen seltsamen trockenen Nachgeschmack fest, der mir eingab, in vorsichtiger Formulierung von der momentanen Zweckmäßigkeit eines Glases frischen Bieres zu schwärmen. Tante Ottilie tupfte sich bei dem Stichwort „Bier“ Entschuldigung heischend die Stirn: „Nein, daß ich das vergessen konnte, meine Lieben! Ich habe ja extra in der Küche zwei Flaschen für euch kaltgestellt!“

Noch nie bin ich so plötzlich in einer Küche gewesen wie nach diesem beglückenden Geständnis! Auf dem Fensterbrett stand tatsächlich das befreiende Getränk – in lauwarmem Zustand zwar, aber es bedeutete Rettung in letzter Minute, wie ich meinte. Dann jedoch, als ich die Flaschen gerade an mich reißen wollte, gewahrte ich noch zwei weitere Gegenstände, die mir nach einem kurzen Schrekkensschrei, der gottlob durch einen Hustenanfall von Olga abgefangen wurde, das Blut in den Adern gerinnen ließen! Neben den Bierflaschen stand die von Tante Ottilie erworbene Corned Beef-Büchse unberührt und neben dieser die leere Blechhülle jener Fleischportion, die uns Tante Ottilie als Überraschung angekündigt hatte! Es war auch eine!

Tante Ottilie hatte in ihrer Herzensgüte die Büchsen verwechselt und uns den Inhalt einer Büchse Katzenfutter serviert! Ich könnte schwören, daß ich kalkweiß wie die Küchenwand an den Eßtisch zurückgekehrt bin! Olga ließ es sich sichtlich schmecken und reagierte unwillig und schließlich empört auf meine verzweifelten Signale unter dem Tisch; vergeblich suchte ich sie durch Kneifen und Fußtritte vom weiteren Fleischgenuß abzuhalten. Ich drängte ihr Tante Ottilies Körnerfutter und den Hundekuchen auf, knabberte auch selber tapfer an einem solchen und heuchelte uneingeschränkten Genuß, was mir ein Lob von Tante Ottilie, jedoch keinerlei Reaktion von Olga eintrug. Nachdem der letzte Krümel Fleisch verputzt war, schlug ich verzweifelt einen Verdauungsspaziergang vor, um Olga unter vier Augen über ihre Abendmahlzeit reinen Wein einzuschenken, wozu ich mich verpflichtet glaubte. Aber ich hatte nicht mit Tante Ottilie gerechnet, die darauf bestand, uns zu begleiten; sie schritt an unserer Seite rüstig fürbaß, und so kam es denn, daß Olga bei der Heimkehr hundeelend wurde, ohne daß ich ihr den wahren Grund verraten durfte. Es wurde eine sehr unruhige Nacht, denn bald opferten wir beide um die Wette, und Tante Ottilie kredenzte uns bis zum Morgengrauen Wermuth-Tee mit dem belehrenden Vorwurf: „Ich habe ja immer gesagt, daß Fleischkonserven schädlich sind! Aber wer nicht hört, muß fühlen!" In ihren Augen leuchtete der Triumph der Reformbewegung.

Seither speisen wir jedesmal schon unterwegs zu Abend, bevor wir Tante Ottilie besuchen, denn wie gesagt: Besuchen müssen wir sie, weil sie unsere Erbtante ist. Wir treffen dadurch immer zwei gute Stunden später ein, und wenn wir zu Tisch gebeten werden, schützen wir eine Fastenkur vor, diskutieren angeregt den verlesenen Tischspruch, verrichten unser Tischgebet und begnügen uns dann mit einem freundlichen „Gesegnete Mahlzeit“.

Der Umweltschützer

„Herr Dr. Reinwein, Sie haben sich seit vielen Jahren für den Umweltschutz in seiner ganzen komplexen Problematik eingesetzt..."
„Daß Sie als Vertreter der Presse dies bestätigen, läßt mich als selbstlosen Idealisten wieder hoffen..."
„Herr Dr. Reinwein, neuerdings sind Sie heftigen Anwürfen ausgesetzt..."
„... denen ich mit meinem ungebrochenen Idealismus begegnen werde!"
„Verzeihung, aber gerade in diesem Punkt gehen ja die Meinungen stark auseinander! Man wirft Ihnen, Herr Dr. Reinwein, einen heuchlerischen Idealismus vor, der sich bei näherem Augenschein als skrupelloser Egoismus erweist!"
„Eine ungeheuerliche Unterstellung, gegen die ich gerichtlich vorgehen werde!"
„Sie haben..."
„Ich habe mich stets gegen die umweltfeindliche Asphaltierung unserer Dorf- und Feldwege zur Wehr gesetzt..."
„Aber Sie haben..."
„Jawohl, das habe ich! Ich habe die geschäftstüchtige Zersiedelung unserer malerischen Hanglagen

mit uniformen Einfamilienhäusern verhindert und somit entscheidend zur Erhaltung des dörflichen Charakters unserer Gemeinde beigetragen...“

„Nun aber haben Sie ...“

„Auch das. Jawohl. Die profitgierigen Abholzungen gewissenloser Geschäftemacher habe ich durch meine Stimme im Gemeinderat noch in letzter Minute unterbinden können!“

„Das sei unbestritten. Aber die gegen Sie gerichteten Vorwürfe gehen doch weit über das Maß hinaus, mit dem Sie, Herr Dr. Reinwein, Ihre Gegner auf der ökologischen Ebene zu messen pflegen!“

„Viel Feind, viel Ehr'! Die Geschäftswelt hat mir natürlich nie verziehen, daß ich die Erweiterung des Camping-Platzes am Seeufer strikt abgelehnt habe!“

„Aber gerade...“

„Gerade noch, jawohl, habe ich dadurch für die Reinerhaltung unserer Gewässer einen nicht zu gering zu veranschlagenden Beitrag geleistet, obwohl ich persönlich nur meine Badewanne benutze!“

„Herr Dr. Reinwein, nun hat man aber neuerdings auf Ihrem Seegrundstück mit Hanglage Erdöl gefunden –“

„Haben Sie bei der angespannten Weltwirtschaftslage etwas gegen die heimische Ölversorgung einzuwenden?“

„Durchaus nicht. Aber Sie selber, heißt es, haben die Probebohrung veranlaßt!“

„Eine typische Verdrehung der Tatsachen, die ich nur noch als Rufmord bezeichnen kann! Ich wollte auf meinem Grundstück einen Brunnen bohren lassen, um das naturreine Quellwasser...“

„Man hat aber Erdöl gefunden –"
„Was selbstverständlich den Neid meiner politischen Gegner erweckte!"
„Herr Dr. Reinwein, inzwischen haben Sie auf Ihrem Hanggrundstück einen ganzen Wald von Bohrtürmen errichten lassen…"
„Da sprechen Sie es selber aus: Einen Wald! Jawohl, ich habe einen Wald errichtet, gerade weil es mir seit jeher um die Erhaltung des deutschen Waldes gegangen ist!"
„Herr Dr. Reinwein, Gittertürme sind keine Bäume, sie verschandeln die Landschaft!"
„Das ist eine sehr anfechtbare Behauptung! Als man seinerzeit den Eiffelturm errichtet hat, wurden ähnliche Parolen ausgestreut! Heute ist er das Wahrzeichen von Paris!"
„Wollen Sie damit sagen, daß Sie den Wald Ihrer Bohrtürme zum Wahrzeichen Ihrer Gemeinde machen wollen?"
„Aber warum denn nicht? Darf ich Sie daran erinnern, daß Erdöl ein natürliches unverfälschtes Produkt unserer guten Mutter Erde ist? Ich bin mir sicher, daß gleich mir viele Idealisten sich dieser Gabe nicht verschließen werden!"
„In diesem Punkt, Herr Dr. Reinwein, stimmen wir mit Ihnen völlig überein."
„Da sehen Sie es: Es gibt immer eine Basis, auf der man sich verständigen kann. Mit Vernunft und gutem Willen löst man jedes Problem …"

Die grüne Witwe

Es ist nichts so fein gesponnen – der Mondschein bringt es doch ans Licht, und wenn Sündhaftes sich mit Unheimlichem paart, kann das Ergebnis nur Horror heißen!

Und all das hatten wir Olgas Neugier zu verdanken!

„Olga, es gehört sich nicht, neu zugezogene Nachbarn durch das Fernglas zu beobachten!"

„Nachbarn?" gab Olga gereizt zurück. „Ich sehe nur eine Nachbarin! Und ich frage mich, was eine junge Frau mutterseelenallein in einem Bungalow am Waldrand treibt!"

„Olga", sagte ich, „das soll nicht deine Sorge sein! Die Dame ist verheiratet, jedes Wochenende kommt ihr Mann nach Hause!"

Unvorsichtigerweise fügte ich noch hinzu: „Ansonsten badet sie im Swimming-Pool oder läßt sich auf der Wiese bräunen!"

Das trug mir eine Ohrfeige ein!

„Du beobachtest sie also auch, du Heuchler! Dann hast du also gesehen, daß sie sich nur ‚oben ohne' in die Sonne legt!"

„Sie kann es sich leisten!" konterte ich trotzig. „Sie ist sehr attraktiv!"

„So, attraktiv ist sie?“ Olgas Züge versteinerten sich. „Dann wird der Liebhaber nicht auf sich warten lassen! Oder hast du etwa Absichten –?“

„Olga“, protestierte ich, „du weißt, daß ich ausschließlich geistige Werte zu schätzen pflege...“

Also, es wurde eine sehr unerfreuliche Auseinandersetzung, die bis tief in die Nacht andauerte, als wir plötzlich einen Heulton vernahmen und gleich darauf einen dumpfen Knall!

„Was war das?“

„Ich habe keine Ahnung, Olga.“

„Das hast du ja nie. Immer, wenn man dich was fragt, hast du keine Ahnung!“

Wir traten auf die Terrasse. Aber die Wolken hingen tief, und man sah nicht die Hand vor Augen.

„Gehen wir schlafen, Olga. Wahrscheinlich findet in den Wäldern ein Manöver statt. Kein Grund zur Beunruhigung.“

„Das sagst du!“ kommentierte Olga, um das letzte Wort zu behalten.

Am nächsten Morgen erwachten wir etwas spät! Olga, noch im Pyjama, zog mich zur Terrassentür: „Jetzt sieh dir das an! Was sagst du nun?“

„Ja, was ist denn das? Mein Gott –“ Ich mußte schlucken. Der Swimmingpool im Nachbargrundstück war mit einer riesigen Aluminiumhaube abgedeckt, die in der Sonne glänzte!

„Olga! Sie hat bemerkt, daß du – eh ich meine, daß wir sie beobachtet haben, und schirmt sich vor lästigen Blicken ab!“

„So? Über Nacht? Über Nacht läßt sie eine Aluminiumhalle aufstellen, ohne daß wir etwas bemerken?“

„Mein Gott, Olga! Wir sind heute reichlich spät aufgestanden! Solche Fertighallen werden in Null Komma nichts montiert."
„Und ich sage dir: Da stimmt etwas nicht!"
Ich sagte vorsichtshalber: „Du hast recht, mein Schatz!" Dann warteten wir die folgende Nacht ab. Der Himmel war wolkenlos, und der Mond schnitt einen hellen Schlitz in den Sternenmantel.
„Fällt dir was auf?" fragte Olga und setzte das Fernglas an.
„Was soll mir auffallen, Olga? Sie hat drüben im Wohnzimmer den Fernseher an!"
„Na eben! Und fällt dir nichts dabei auf?"
Ich hob die Schultern und senkte schuldbewußt das Haupt. Mir fiel nie etwas auf, was Olga auffiel.
„Das Licht ist grün, du Trottel! Wieso ist das Fernsehlicht heute abend grün? Schau rüber zu Lehmann! Da ist das Licht vom Fernseher blau! Ja, bist du denn farbenblind? Siehst du nicht das grüne Licht?"
Doch, ich sah es. Noch deutlicher sah ich es, als wir beide über den Nachbarzaun stiegen und uns an das fremde Terrassenfenster schlichen. Ich hatte mir zwar die Hose eingerissen, aber die Tatsache war nicht zu leugnen, daß das Licht vom Fernseher hinter den zugezogenen Stores einen auffallend grünen Schimmer hatte. Wir sahen auch den Schatten unserer Nachbarin zart hingestreckt auf ihrem Fernsehsessel, und gleich neben ihr gewahrten wir, in aufrechter, steifer Haltung, noch einen zweiten Schatten!
„Sie ist also nicht allein!" triumphierte Olga. „Heute ist Donnerstag! Ihr Mann ist es also nicht!"

„Es kann ja auch ein Verwandter sein, Olga!“
„Ein komischer Verwandter, der sich tagsüber nicht blicken läßt! Ich sage dir: Sie versteckt einen Liebhaber im Haus!“
„Sie ist halt eine grüne Witwe!“ suchte ich zu beschwichtigen.
„Gönn’ ihr das Vergnügen!“
„Da sieht man mal wieder deine verkommene Moral! Willst du das Flittchen vielleicht noch entschuldigen?“
Nein, aber ich wollte umkehren wegen meiner zerrissenen Hose, was ich Olga allerdings nicht zu gestehen wagte.
„Wer ist dieser Kerl?“ murmelte Olga auf dem Rückweg. „Ich frage dich: Wo kommt der Kerl her? Es hat doch seit Tagen niemand das Grundstück betreten!“
Ich hatte wie üblich keine Ahnung und war am nächsten Morgen genauso erstaunt wie Olga, als die Techniker einer Montagefirma die Aluminiumhaube nebenan in Einzelteile zerlegten und bis zum Mittag die letzten Reste abtransportierten.
„Sie wird mit der Überdachung nicht zufrieden gewesen sein“, suchte ich zu erklären. „Heute ist Freitag. Da kommt am Abend ihr Mann. Vielleicht hatte sie Bedenken, daß ihm die Aluminiumhalle nicht gefällt, oder sie bestellt ein anderes Modell! Du tauschst ja auch alles um, was du im Versandhaus bestellst!“
„Sehr überzeugend, Monsieur Maigret!“ giftete Olga. Später, als der Mond aufging, weckte sie mich aus dem Fernsehschlaf.

„Hier! Guck mal durch! Fällt dir was auf?“
Ich schaute gehorsam durch das Fernglas.
„Ihr Mann ist wieder da. Sie sitzen vor der Glotze! Und diesmal sind die Stores nicht zugezogen!“
„Gut!“ lobte Olga. „Und weiter?“
„Was weiter?“
„Das Licht! Was ist mit dem Licht?“
„Richtig, das Licht! Diesmal ist es wieder blau!“
„Gratuliere, du machst dich! Und jetzt peil mal den Schornstein an! Was fällt dir an dem Schornstein auf?“
„Da ist – wahrhaftig! Da ist eine zweite Antenne!“
„Bravo!“ rief Olga. „Und jetzt frage ich dich: Wozu braucht deine grüne Witwe eine zweite Antenne?“
„Olga, ich habe keine Ahnung.“
„Wie üblich. Wann hättest du je eine Ahnung gehabt?“
Am Samstag und Sonntag hatten wir noch immer keine Ahnung. Aber am Montag früh, als der Gatte der grünen Witwe das Haus wieder für eine Woche verlassen hatte, war die zweite Antenne, die direkt aus dem Schornstein herausgewachsen war, wieder verschwunden!
„Ein wahres Wunder, daß du das registriert hast!“ sagte Olga verächtlich. Und am Abend war das Licht hinter dem Wohnzimmerfenster wieder grün! Das hatte sogar ich spontan bemerkt!
„Es tut sich was bei deiner grünen Witwe! Komm’ mit!“ kommandierte Olga. Wir stiegen wieder über den Zaun, und diesmal riß ich mir das Jackett ein! Die Stores waren wieder zugezogen! Dahinter waberte grasgrünes, nein, meergrünes Schummerlicht!

„Wirf einen Stein!“ befahl Olga.
„Was soll ich?“
„Du sollst einen Stein gegen das Fenster werfen. Dann wird sie nachsehen kommen, wer draußen ist und den Store etwas zurückziehen! Vielleicht können wir dann erkennen, wer noch in dem Zimmer ist! Aber sei vorsichtig!“
Also, ich war nie sehr geschickt, und im Werfen schon gar nicht. Aber ich traf das Fenster, das darf ich mir schmeicheln, jedoch ging dabei leider auch die Fensterscheibe zu Bruch!
Olga bedachte mich mit einem zoologischen Ausruf! Und gleichzeitig sprangen die zwei Schatten hinter dem Vorhang hoch, der zur Seite gerissen wurde! Die grüne Witwe starrte uns im Bikini zu vorgerückter Nachtstunde mit weit aufgerissenen Augen an! Und neben ihr stand ein Mann! Nein, ein Männlein! Ein grasgrünes Männlein, hinter dessen Ohren zwei silberne Antennen wie Insektenfühler in die Luft stachen! Auch das Männlein zeigte einen verängstigten Blick, und Olga und ich nicht weniger! Schreck, Entsetzen und Neugier durchzuckten uns gleichzeitig! Das Männlein hatte an der Stelle, wo man seinen Mund vermutet hätte, einen Sauerstoffschlauch, der zu einer Trommel führte, die auf seinen Rücken geschnallt war!
„Allmächtiger –“ hauchte Olga und hielt sich zum erstenmal an mir fest, obwohl ich mich viel lieber an Olga festgehalten hätte!
„Allmächtiger, das ist –“
„Das ist Balduin“, erklärte die grüne Witwe zaghaft. „Balduin ist vor fünf Tagen vom Planet Pluto gekom-

men, in seiner fliegenden Untertasse! Es war eine Bruchlandung –“

Ich verbeugte mich förmlich, und Balduin machte einen irritierten Knicks.

„Dann war also diese silberne Aluminiumhaube –“ wollte ich beginnen, aber Olga unterbrach mich abrupt:

„Mein Gott, der Mensch hat ja drei Beine!“

„Er ist ja kein Mensch“, sagte die grüne Witwe, „er ist ein Pluto – ein...“

„Ein Plutokrat!“ ergänzte ich verwirrt.

„Du bist wieder mal sehr geistreich!“ patzte Olga. „Und mit so einem – so einem Monstrum lassen Sie sich ein, Sie Schlampe?“

„Bitte, Olga“, versuchte ich zu vermitteln. „Unsere reizende Nachbarin verdient diese unschöne Titulierung nun ganz und gar nicht!

„Weiß Ihr Mann von dem Verhältnis?“ fragte Olga streng.

„Bitte, bitte, verraten Sie mich nicht!“ bettelte die grüne Witwe. „Er schlägt mich tot, wenn er es erfährt! Übers Wochenende hatte ich Balduin oben im Schornstein versteckt –“

„Ah, deshalb die zweite Antenne!“ rief ich scharfsinnig. „Hören Sie, meine Dame, Sie müssen sich von ihm trennen!“

„Jawohl, das müssen Sie!“ eiferte Olga, „und zwar auf der Stelle!“

„Aber Balduin wird ja erst in hunderttausend Jahren von einem Rettungsteam abgeholt! Wo soll er denn solange bleiben?“

„Dann nehmen wir ihn!“ entschied Olga. Ich nickte erschrocken Zustimmung.
„Sie guter, guter Mensch!“ schluchzte die grüne Witwe und fiel vor mir dankbar auf die Knie.
„Lassen Sie die Füße meines Mannes los!“ herrschte Olga sie an. „Und rücken Sie mir den Kerl raus! Wie verständigt man sich überhaupt mit ihm? Das Monstrum hat ja nicht mal einen Mund!“
Die grüne Witwe wischte sich die Tränen aus den Augen: „Sie brauchen Balduin nur an den Fernseher anzuschließen. Dann sendet er Impulse auf den Bildschirm, die Sie im Unterbewußtsein aufnehmen und über das Überbewußtsein an das Wachbewußtsein weiterleiten!“
„Einfacher geht's nicht!“ höhnte ich bitter.
„Leb wohl, mein Geliebter –“, schmachtete die grüne Witwe, während wir das grüne Männlein in unser Haus entführten!
Wir hätten das lieber nicht tun sollen!
Wir schlossen Balduin an das Fernsehgerät an. Ein sanfter grüner Schimmer füllte den Raum, und Olga sagte plötzlich in das erwartungsvolle Schweigen: „Ich glaube, ich werde Mutter!“
Und ich hatte auf einmal so ein zärtliches Vatergefühl! Aber da war es auch schon passiert! Balduin hatte sich in zwei Hälften geteilt! Wir hatten zwei grüne Männlein im Haus!
„Er ist niedergekommen!“ rief ich in Panik. Olga hatte als erste die Fassung wiedergewonnen: „Kannst du mir mal verraten, wie das funktioniert? Sie läßt sich mit ihm ein! Und er kriegt das Kind!?“
Ich hatte wie üblich keine Ahnung, aber ich wüßte

gern, wer unsere zwei grünen Männlein aufnimmt, wenn wir mal nicht mehr sind! Wir haben zwar eine bescheidene Altersversorgung, aber ich habe Zweifel, ob Olga und ich in unserer Güte die nächsten hunderttausend Jahre bis zum Eintreffen des nächsten Pluto-Teams überleben werden. Vielleicht kann uns einer meiner Leser einen Tip geben? Auf jeden Fall möchte ich jetzt schon vorsorglich inserieren:

„Zwei grüne Männlein, Plutokraten mit Doppelantennen, an jeden Fernseher anschließbar, hunderttausend Jahre Garantie, umständehalber abzugeben."

Wie ich endlich reich werde

Olga und ich, wir waren uns schon lange darüber einig gewesen, daß endlich etwas Entscheidendes geschehen müsse.

Unsere Konten konnten kontomäßig eigentlich kaum noch als Konten bezeichnet werden; sie verharrten wie das Thermometer meistens unter dem Gefrierpunkt und trafen sich dort mit unserer Stimmung im tiefen Keller einer düsteren Zukunft. Aber wie ja bekanntlich das kleinste Licht die totale Finsternis braucht, um als solches erkannt zu werden, so hat uns eine kleine Annonce in ungeahnter Weise die Türen zu einem besseren, lichtvolleren Dasein geöffnet!

„Suchen Sie Liebe, Gesundheit und Reichtum?" fragte die Anzeige in fetten Lettern.

Jawohl, das suchen wir.

Wir hatten schon ein ganzes Leben gesucht. Wir hatten ein bißchen Liebe, leidliche Gesundheit, aber überhaupt keinen Reichtum gefunden; und Olga meinte, jetzt, wo sie ein Doppelkinn bekäme und ich infolge Haarschwunds eine vergeistigte Stirn, jetzt wäre es aber allerhöchste Zeit!

„Ist Ihnen eine grundlegende Veränderung Ihres Lebens 39,50 DM wert?" fragte dic Anzeige.

Das ist sie.
Wir öffneten mit dem Büchsenöffner unsere Sparbüchse, deren Schlüssel wir verlegt hatten; Olga entdeckte auf dem Boden der Teebüchse ein vergessenes Zwei-Mark-Stück, ich hatte noch fünf einzelne Zehner in einer schimmeligen Falte meines Portemonnaies – kurz, wir kratzten genau 34,50 DM zusammen. Eine leider noch sehr rüstige Erbtante streckte uns DM 5,– gegen Quittung vor. Und so konnten wir endlich für 39,50 DM unser Leben grundlegend verändern.
Wir hatten uns das zwar schon öfter vorgenommen, aber es hatte nie geklappt, weil wir eben nicht wußten, daß es 39,50 DM kostet!
Wir zahlten also 39,50 DM ein, wie es die Anzeige gefordert hatte und erlebten genau die freudige Überraschung, die man uns versprochen hatte: 14 Tage später brachte uns der Briefträger ein hübsch verschnürtes Päckchen. Es enthielt ein Kontobuch mit Goldschnitt, natürlich ohne Konto, und eine beigefügte Gebrauchsanweisung auf Büttenpapier mit folgendem guten Rat: „Beginnen Sie mit dem Reichtum! Denselben erwirbt man, indem man sich Geld borgt und dieses für sich arbeiten läßt.
Haben Sie erst einmal den Reichtum erworben, stellt sich auch die Liebe ein. Reiche Menschen finden immer jemanden, der sie liebt, und sei es auch nur ihres Geldes wegen.
Haben Sie Liebe und Reichtum erworben, so ist auch Ihre Gesundheit gesichert. Keine Facharztpraxis, kein Operationssaal, kein Sanatorium bleibt Ihnen hinfort verschlossen. Und werden Sie wirk-

lich einmal krank, so wird Sie allein schon der Mensch, der Sie liebt, gesund pflegen. Denn er braucht Sie ja – allein Ihres Geldes wegen.
Das beiliegende Kontobuch möge Ihren ständig wachsenden Reichtum in Zahlen festhalten und Ihnen bei der Lektüre viele frohe und glückliche Stunden bereiten!“
Ich muß gestehen, Olga und ich, wir haben uns selten so ehrlichen Herzens gefreut! Denn für 39,50 DM – das sind nicht mal ganze 40 Mark! – hätten wir uns ja niemals träumen lassen, Reichtum, Liebe und Gesundheit zu finden! Seither sind wir richtiggehend high!
Wir haben endlich gefunden, was wir schon so lange vergeblich suchten. Jetzt brauchen wir nur noch jemanden, der uns Geld borgt, und dann fängt ein Leben an, dagegen ist der internationale Jet-set eine kleinbürgerliche Angelegenheit!
Olga wird sich einen Chinchilla-Mantel zulegen, und ich kann mir endlich den silberfarbenen Rolls-Royce leisten, den ich mir schon so lange wünsche; und für die Wochen, die Olga am Strand von Acapulco verbringt, eine hochkarätige silberblonde Freundin.
Ein Leben führen wir wie der Aga Khan in seinen besten Zeiten! Und das alles für 39,50 DM! Also ich finde das wirklich preiswert!
Sie etwa nicht?

Schlechte Zeiten

„Würden Sie bitte die Liebenswürdigkeit haben, die Hände hochzunehmen, damit ich mich Ihrer Brieftasche bemächtigen kann?“ sagte der Räuber hinter seiner Maske; seine Pistole glänzte drohend und elegant zugleich im trüben Laternenlicht. Der Angesprochene gehorchte schweigend der höflichen Aufforderung.

„Es ist mir außerordentlich peinlich“, fügte der Räuber hinzu und fingerte in der Westentasche seines Opfers. „Aber es sind schlechte Zeiten –“

„Wem sagen Sie das?“ antwortete der Überfallene mit der gleichen gelassenen Würde. „Sie werden hoffentlich entschuldigen, daß sich meine Brieftasche nicht gerade in einem makellosen Zustand befindet. Es ist mir äußerst unangenehm –“

Der Mann mit der Maske hielt ein zerfleddertes, lappiges Ding in seinen behandschuhten Händen und winkte mit jovialer Geste ab: „Machen Sie sich bitte von dieser törichten Empfindung frei, mein Herr. Es kommt schließlich auf den Inhalt an!“

„Das ist es ja eben“, erwiderte der Beraubte. „Sie ist leer!“

„Leer?“ wiederholte der Räuber mitleidig und überzeugte sich von der Richtigkeit dieser Behauptung.

„Das ist mir allerdings außerordentlich peinlich –"
„Es sind schlechte Zeiten –", sagte der Herr mit einem verschämten Lächeln. „Nun sind Sie gewiß enttäuscht –"
„Man muß auf alles gefaßt sein, mein Herr. In schlechten Zeiten pflegen sich Enttäuschungen öfter einzustellen als in guten!"
Der Überfallene nickte zustimmend und verständnisvoll.
„Vielleicht wollen Sie lieber die Hände hinter dem Nacken verschränken", meinte der Räuber. „Es ist erfahrungsgemäß etwas anstrengend, mit erhobenen Händen Konversation zu machen."
„Sie sind sehr rücksichtsvoll, ich danke Ihnen."
„Aber ich bitte Sie", protestierte der Mann mit der Maske. „Man muß doch an seine Mitmenschen denken! Ich sage mir einfach: Egon, wie leicht könnte dir das gleiche passieren in diesen Zeiten! Wie lange würdest du es durchhalten, mit erhobenen Händen dazustehen?"
„Sehr selbstlos und taktvoll!" Der Überfallene verneigte sich, sein Gegenüber tat das gleiche.
„Aber haben Sie vielleicht eine Uhr bei sich?" fragte der Räuber mit warmer Anteilnahme.
„Sie denken an den Wiederverkaufswert, nehme ich an?"
„So ist es, mein Herr."
„Ich besitze nur eine billige Armbanduhr aus Doublé. Wenn Ihnen damit gedient ist –?"
„Aber nicht doch", dankte der Räuber doppelsinnig. „Ich will Ihnen nicht Ihre Zeit stehlen!"
„Das dürfen Sie getrost. Sie ist lausig genug."

„Wenn Sie vielleicht ein bißchen Kleingeld zur Verfügung hätten, mein Herr?"
„Ich habe nur noch einen Trambahn-Fahrschein mit drei nicht entwerteten Streifen im Portemonnaie. Wenn Sie sich überzeugen wollen?"
„Oh, ich glaube Ihnen. Wo kämen wir hin, wenn wir zu unseren Mitmenschen kein Vertrauen mehr hätten." Der Räuber seufzte ein bißchen in sich hinein: „Nun werde ich schwarz nach Hause fahren müssen, ich brauche nämlich fünf Streifen!"
„Achten Sie darauf, daß man Sie nicht erwischt", warnte der Überfallene besorgt. „Heutzutage bei den ständigen Kontrollen –"
„Unnötige Sorge, mein Herr. Ich habe ja meine Pistole! Ah, da kommt ja meine Straßenbahn! Also, dann nichts für ungut und einen schönen Abend noch, mein Herr!"
„Gleichfalls! Und alles Gute! Aber wollen Sie nicht lieber die Maske abnehmen, wenn Sie jetzt in die Trambahn steigen?"
„So töricht werde ich nicht sein, mein Herr. Bedenken Sie, wenn man mich doch erwischen sollte! Mit der Maske würde mich kein Mensch erkennen!"
„Sehr wahr! Sie denken wirklich an alles!"
„Das muß man auch bei diesen Zeiten!"
Die Trambahn hält. Die Leute drängen sich am Einstieg. Nur der Überfallene, der noch immer die Hände hinter dem Nacken verschränkt hat, bleibt zurück.
„Wollen Sie nicht auch zusteigen, mein Herr?" erkundigt sich der Mann mit der Maske von der Plattform herab.

„Bedauere, Sie sehen selbst: Ich habe leider keine Hand frei, um mich festzuhalten“, erwidert der Angesprochene gelassen.
„Das tut mir leid“, sagt der Räuber und winkt zum Abschied. „Es sind halt schlechte Zeiten.“
Der Herr winkt freundlich zurück, die Trambahn fährt los, und die Fahrgäste nicken bedauernd dem Herrn mit den verschränkten Händen zu. Es sind eben wirklich furchtbar schlechte Zeiten…

Der Enkel des Kanitverstan

Glaubte man ehemals von der Bildung, daß sie die Türen zur Menschheit öffne, sagte der weise Kaiser Karl IV. zu Prag einst, daß jede neu erlernte Sprache ein neues Fenster sei, durch das man die Welt betrachte, so hat ein einfacher bayerischer Bierbrauer in unseren Tagen diese schönen Maximen ad absurdum geführt.
Johann Peter Hebels Kanitverstan, jener gutmütige Tölpel im Amsterdamer Hafen, der mangels Sprachkenntnissen in allem, was ihm begegnete, den göttlich gelenkten gerechten Weltenlauf zu erleben vermeinte, war ein Waisenknabe der Wirkung im Vergleich zu jenem biederen Erwin Kreuz, der das Kreuz dieser Welt, nämlich das Nichtverstehenkönnen der Menschen untereinander, aus den Angeln hob!
Kennen Sie Bangor? Ich auch nicht.
Es hat nichts mit Indien oder gar Bangladesch zu tun, wie man leicht vermuten könnte. Es liegt eher prosaisch unweit der Atlantikküste der Vereinigten Staaten, ein Flußhafen am Penobscot River, ein Zentrum der Papier-Industrie. Mit 40000 Einwohnern dürfte es kaum weltstädtisches Flair ausstrahlen. Dennoch hat Kanitverstans Enkel, mit bürgerlichem

Namen eben Erwin Kreuz, dieses emsige Industriestädtchen in seiner touristischen Gutgläubigkeit einige Tage lang für die Perle des Pazifiks gehalten, die man gemeinhin unter dem Namen San Francisco kennt. Ganze 5000 Kilometer Geographie lagen zwischen Traum und Wirklichkeit. Aber gerade in diesem kleinen Irrtum lag das „Ankommen" des Erwin Kreuz beschlossen!

Eine im US-Reiseplan nicht eingeplante Zwischenlandung in Bangor war der Auslöser von Mißverständnissen, die nicht nur deutlich machten, wie sehr der Mensch von Illusionen lebt, sondern auch, daß die Menschen im allgemeinen doch besser sind als ihr Ruf! Und hätte der bissige Franzose Voltaire seinen Candid jene Abenteuer dieses harmlosen Bajuwaren Erwin Kreuz erleben lassen, er würde schwerlich dem deutschen Philosophen Leibnitz dessen These zum Vorwurf gemacht haben, wir lebten in der besten aller möglichen Welten!

Wir tun es anscheinend wirklich!

Fragen Sie Erwin Kreuz. Er wird es Ihnen bei einer Maß Bier gewiß dankbar bestätigen. Seine ungetrübte Naivität trug ihm nicht Mitleid oder gar Verachtung, sondern Sympathien und freundliche Hilfsbereitschaft ein. Der Penoscot-Indianerstamm verlieh ihm den Ehrenhäuptlingsrang, das geschmeichelte Bangor dem verhinderten San-Francisco-Fan sogar die Ehrenbürgerwürde, eine Chinesenfamilie schließlich die Familienmitgliedschaft, ohne daß wir die Heiratsanträge zählen wollen, die ja so liebenswert den mütterlichen Instinkt der Damenwelt gegenüber den „verfahrenen" Mannsbildern dokumentieren.

Als Erwin Kreuz dann doch noch mit Verspätung in San Francisco eintraf, wurde er als prominenter Weltenbummler vom Bürgermeister auf einem Podest empfangen, das man für die bevorstehende Ankunft des britischen Thronfolgers errichtet hatte. Bei seiner Rückkehr in die schwäbische Heimat begrüßte man den nun berühmten Sohn mit festlicher deutscher Blasmusik; und eine Straße in seinem Heimatort bei Augsburg wird seinen Namen für kommende Globetrotter-Generationen als erfreuliches Andenken bewahren!
Möge diese Straße des Erwin Kreuz ein Kreuzweg sein, auf dem sich Nächsten- und Bruderliebe begegnen als Symbol all dessen, was die Menschheit so lange mißachtet hat, auch ohne Worte sich von Herz zu Herz verstehen und mögen...

Umwege der Liebe

Der Bursche hatte ein Gesicht wie nach Whisky und Wodka, ein Gesicht, wie es harte Männer haben sollen, aber er hatte sich auf den Hocker der Espresso-Theke geschwungen und sich und uns nur einen klebrigen Cinzano bestellt. Das paßte zu seiner sentimentalen Tour, auf die uns das Barfräulein schon geeicht hatte. In seinen Augen war tatsächlich eine feuchte Traurigkeit, und ein paarmal hatten seine Mundwinkel gezuckt, als wenn er losheulen wollte. Und das alles steckte in einem Lumberjack mit schmalen Cordhosen und war aus einem grünen Triumph T 4 gehüpft, und wir hatten gedacht: das ist einer von denen, den können sie alle mal, die Weiber vorneweg; aber wenn einer Liebeskummer hat, dann ist die Härte brüchig wie Porzellan, dann kommt die Angabe nicht gegen die Mache auf. Na und der Bursche hat geseufzt, und wenn einer losheulen möchte wegen irgendso 'ner Schlampe, die es nicht immer im selben Bett aushält, dann ist eine Beichte fällig, das Groß-Reinemachen der Seele, und darum stießen wir unsere Cinzano-Gläser gegen unsere Spiegelbilder und riefen „Cheerio!" damit er loslegte. Der Bursche hatte ein verkrumpeltes Zeitungsblatt auf dem Sieb der Theke geglättet,

und wir konnten es alle lesen im bläulichen Neonschein, wie es angefangen hatte mit ihm und Gaby.
„Hier ist die Annonce, Jungs, damit ihr nicht glaubt, daß ich die Platte erfunden hätte, Billy Manary hieß das Miststück –"
„Wir dachten, sie hieß Gaby –?"
„Mensch, ich rede doch von dem Kerl, der sie heiraten wollte –!"
„Wieso wollte? Er hat's doch getan, oder?"
„Verflucht nochmal, wer erzählt hier eigentlich? Ich oder Ihr?"
„Okay, Junge", riefen wir beschwichtigend, „es ist deine Story!"
„Das will ich meinen." Der Bursche zerdrückte sein Cinzano-Glas langsam wie ein Stück Eis, die Scherben blies er in das Spülbecken:
„Also, vor einem Jahr setzt das Stinktier Billy Manary diese Annonce hier in die Zeitung: ‚Hunderttausend Piepen demjenigen, dem es gelingt, Gaby Köhler zu überreden, meine Frau zu werden!' Wenn einer so was in die Zeitung setzt, dann ist er entweder verrückt oder Amerikaner.
Billy Manary war beides. Na und meine Kasse war mal wieder leck wie ein alter Stiefel, und ich dachte mir: Versuchen kannst du's ja mal, wozu studierst du Psychologie und willst in die Public Relations einsteigen? Ich also bin zu Manary, der residiert in einer ganzen Zimmerflucht, Playboy von Beruf und stinkt vor Geld, aber Vorschuß für Spesen und so will er nicht rausrücken. ‚Erst die Ware, dann das Geld', sagt er, ‚ich bin ein harter Geschäftsmann!' In Wirklichkeit ist das Schwein natürlich überhaupt

kein Geschäftsmann, sondern verbrät nur die Mükken, die ihm sein Alter hinterlassen hat. Also auf Gaby Köhler hatte er sich gespitzt, die am Heldendenkmal in dem Internationalen Buchladen arbeitet, wie er mir erzählte und ‚Nein' gesagt hat zu Billy Manary und seinen Millionen, weil sie einen sogenannten Charakter besitzt, was mir gleich mächtig imponiert hat. Nun sollte ich losziehen und sie trotzdem weichklopfen.

Verdammt, dachte ich, da hast du dich auf was Schönes eingelassen, aber hunderttausend Flöhe, das juckt natürlich auf der Haut, und wenn man sie hat, hilft's aus dem Gröbsten. Ich also zum Internationalen Buchladen und lasse mir dieses Paradepferd von Standhaftigkeit zeigen. Na, ich sage euch, sechshundert Seiten Thomas Mann könnten dieses Wundertier nicht erschöpfend behandeln: Rotes Haar, grüne Augen, dabei nicht eine einzige Sommersprosse, sondern Bronzeteint und eine Figur, daß dir sämtliche Hüte hochgehn! Ich sofort rüber zu ihrem Tisch und kauf' ihr erstmal einen Ladenhüter ab, für neunzehn fünfzig. ‚Die Kunst des Frühbarock', nur um in Kontakt zu kommen. Und sie redet wie ein Engel zu mir, liebenswürdig und gar nicht von oben herab, wie ich befürchtet hatte, zuerst natürlich über Barock und schließlich über das Wetter, und ich hatte von dem ganzen Barock-Kram nicht ein einziges Wort verstanden, aber wie sie vom Wetter anfängt, da denke ich ‚Achtung, Junge! Jetzt oder nie!' und frage, ob sie am nächsten Samstag mit zum Schwimmen geht und gleichzeitig sag ich mir: ‚Paß auf, Kleiner, jetzt stinkst du ab!' Aber das war ein menschlicher Irrtum, denn sie hakt gleich ein und findet es furchtbar nett, daß sie nicht immer so allein zu sein braucht in einer großen fremden Stadt. Na, ihr könnt euch vorstellen, wie es in mir gejubelt hat! Und wie sie am Weekend aus der Umkleidekabine tritt, da denke ich: ‚Junge! Junge!' Na schön, das denkt jeder Mann, aber hauptsächlich dachte ich, was ich für ein Riesenrindvieh bin, diesem Superweib so ein fieses Stück wie Billy Manary aufschwatzen zu wollen. Also ehrlich, ich hab's einfach nicht fertig gekriegt, ich war so verknallt in Gaby, daß ich den ganzen Manary mitsamt seinen Millionen und seiner Provision ins Unterbewußtsein verdrängte. Und keine Woche später, da waren wir so was Ähnliches wie verlobt, Gaby und ich. Sozusagen arm, aber glücklich! Aber ‚Wes das Herz voll ist, des läuft der Mund über', sagten schon die alten Germanen. Und als ich sie vierzehn Tage darauf soweit habe, daß sie zu mir auf die Bude zieht, und wir genehmigen uns einen auf der Couch, und sie wird sentimental und schwärmt von dem Zufall, der uns in ihrem Buchladen zusammengeführt hat, da kann ich's einfach nicht mehr für mich behalten und gestehe ihr lachend, daß Billy Manary mich damals geschickt hatte und daß ich eigentlich bloß gekommen war, um mir die Hunderttausend zu verdienen. Da hättet ihr sie sehen sollen, meine leidenschaftliche Gaby, aschfahl wurde sie, als wär' ihr die Sache auf der Couch nicht bekommen, und ihre Augen waren bloß noch zwei gefährliche Lichter! Und ratsch! ratsch! spüre ich ihre Krallen im Gesicht! ‚Strolch! Lump!' Die anderen Ausdrücke

will ich euch gar nicht wiederholen, weil ich bis dahin gedacht hatte, daß Gaby eine Dame wär'. Und dann flogen noch verschiedene Gegenstände durch das Zimmer, und zum Schluß flog die Tür zu, und Gaby ward nicht mehr gesehn. Und ich hatte eine so zerfetzte Fassade, daß ich 'ne Woche nicht mehr auf die Straße gehen konnte. Aber wie ich wieder halbwegs repariert war, flitzte ich natürlich zum Internationalen Buchladen, um ihr alles nochmal in Ruhe zu erklären, und daß sie nicht so empfindlich sein solle, denn schließlich wär's doch Liebe, das hätte sie doch merken müssen. Aber von Gaby keine Spur. Unbekannt verschollen, hieß es. Na, ich gleich kehrt und hin zu Billy Manary, um ihm den peinlichen Sachverhalt auseinanderzusetzen. Und wie ich ihm gegenübertrete und gerade anfangen will: ‚Sorry, Mister Manary, aber vor Ihnen steht eine Niete –!' da fällt er mir um den Hals und sagt, das hätte ich prima gemacht, Gaby wär' seit 'ner Woche bei ihm und hätte ‚Ja' gesagt vor lauter Rührung über soviel Liebe und Hartnäckigkeit! Und ehe ich's mich versah, hatte ich einen Scheck über Hunderttausend in der Hand und war sozusagen wohlhabend. Und keine vier Wochen später haben sie geheiratet, Gaby Köhler und Billy Manary!"
Wir anderen senkten unsere Blicke vor unseren Spiegelbildern und sagten natürlich nicht mehr „Cheerio" vor lauter Mitgefühl. Und nach einer brütenden Weile visierte uns der Bursche wieder an: „Wollt ihr einen Wodka, Jungs? Ich zahl euch einen. Ich vertrage keine harten Getränke. Kommt, Jungs, trinkt einen Wodka auf mein Unglück!"

Wir ließen uns das nicht zweimal sagen und wollten ihn trösten:
„Immerhin hast du bei der Sache Hunderttausend kassiert, Junge!"
„Ja, denkt ihr", sagte der Bursche düster. „Heute morgen kam ein Brief von Manary. Er läßt sich von Gaby scheiden, sie quatscht Tag und Nacht bloß von mir. Er fühlt sich von uns beiden reingelegt und will seine Hunderttausend wiederhaben, stellt euch das mal vor! Mit gleicher Post kam ein Brief von seinem Anwalt."
„Ja, Weiber sind ein teurer Spaß!" Wir stießen unsere Wodka-Gläser gegen unsere Spiegelbilder. „Und die meisten sind ihr Geld nicht wert..."

Moral

Als der Bürgermeister der florierenden Randgemeinde, die sich durch wachsende Industrialisierung eines ständig zunehmenden Steueraufkommens erfreuen durfte, an diesem Morgen die Post durchsah, zuckte er wie schon in den vergangenen Wochen ein wenig zusammen, obwohl er als Mann der Öffentlichkeit seine Gefühlsausbrüche durchaus unter Kontrolle hatte. Da war wieder einmal so ein rosaroter, parfümierter Briefumschlag, dessen Inhalt er ohne Mühe erraten konnte.
„Sehr geehrter Herr Bürgermeister", las er mit halblauter Stimme, um nach dem fragenden Blick seiner Sekretärin stumm und im Geiste fortzufahren:
„Nun schreibe ich Ihnen heute schon zum fünftenmal und stelle mit Befremden fest, daß die von mir und den Bewohnerinnen meines Hauses gerügten Zustände im Industrie-Bereich unserer Stadt trotz unseres Protestes an Sittenlosigkeit weiterhin zunehmen! Wiederum wurde gegenüber meinem Domizil eine Lokalität eröffnet, deren bezeichnender Name ‚Crazy Girl Saloon' wohl keines weiteren Kommentares bedarf! Mit Recht kritisieren kirchliche und sozial engagierte Kreise die Verwahrlosung der heutigen menschlichen Kommunikation, deren

Freizügigkeit unseren Vätern und Urgroßvätern noch die Schamröte ins Gesicht getrieben hätte! Muß man sich das hemmungslose Knattern anfahrender Motorräder mit den entsprechenden ‚Auspuffbräuten' bis in die frühen Morgenstunden geduldig anhören beziehungsweise ansehen? Vom Zuschlagen der Autotüren ganz zu schweigen! Ist Ihnen, sehr geehrter Herr Bürgermeister, bekannt, daß die in dieser Kaschemme verkehrende ‚Damenwelt' der sogenannten werktätigen Bevölkerung angehört? Sie entstammt also nicht etwa jenem Milieu, aus dem sich in den viel belächelten Zeiten viktorianischer Prüderie jene ‚willfährigen Frauenspersonen' rekrutierten, die ein Gewerbe ausübten, dessen moralische Grundsätze sicher anfechtbar waren, das aber immerhin noch als ein Gewerbe ausgeübt wurde! Wissen Sie, sehr geehrter Herr Bürgermeister, daß diese jungen Gänse aus dem ‚Crazy-Girl-Saloon' und anderen zwielichtigen Treffpunkten unserer armen verführten Jugend sich wegwerfen, sich an ihre männlichen Partner verschenken, ohne sich das Geringste dabei zu denken?
Ich frage Sie, Herr Bürgermeister, auch im Namen der diesen Brief unterzeichnenden Damen: ‚Können und wollen Sie als Stadtoberhaupt dieses schamlose Treiben in Ihrer Gemeinde weiterhin dulden?' Und ich, beziehungsweise wir fragen Sie weiter, Herr Bürgermeister, ‚was sagen die offiziellen Vertreter der Konfessionen beziehungsweise die ehrenamtlich tätigen Kirchenräte dazu?' Mit allem Nachdruck bestehen wir darauf, daß hier endlich Abhilfe geschaffen wird! Es gibt in dieser Stadt schließlich

noch Bürgerinnen mit der manchen Leuten antiquiert erscheinenden Forderung, dieser skandalösen Verwilderung durch ein reglementiertes, geordnetes Verhältnis der Geschlechter Einhalt zu gebieten! In Erwartung Ihrer Maßnahmen verbleiben wir hochachtungsvoll…"

Es folgten ein gutes Dutzend Unterschriften, deren Anblick es dem Herrn Bürgermeister eiskalt über den Rücken trieb, zumal er sich einer Unterlassungssünde schuldig fühlte. Er hatte die vorangegangenen vier Beschwerdebriefe kommentarlos in seinen Papierkorb befördert, da er als moderner Mensch nicht die Absicht hatte, über einen zugebenermaßen etwas lockeren Amüsierbetrieb mit einem sittenstrengen Damenkränzchen zu diskutieren. Nach kurzem Nachdenken jedoch rief er seinen Sozialreferenten Dr. Specht, dem er mit schuldbewußtem Achselzucken den geharnischten Protest zu lesen gab. „Was halten Sie davon, mein lieber Specht? Was sagen Sie zu diesem moralischen Entrüstungsschrei?"

Dr. Specht legte nach der Lektüre mit wissendem Lächeln das dezent parfümierte Briefchen in der Mappe mit der Aufschrift „Öffentliche Fürsorge" ab. „Dies ist durchaus kein moralischer Entrüstungsschrei, Herr Bürgermeister", korrigierte er seinen Chef. „Es handelt sich vielmehr um einen sozialen Notruf! Die Schreiberin dieser Zeilen", setzte er schmunzelnd, jedoch mit leichtem Erröten hinzu, „ist die Besitzerin eines öffentlichen Hauses, die sich mit ihren Mitarbeiterinnen der Arbeitslosigkeit und damit dem finanziellen Ruin ausgeliefert sieht!

An diesem tragischen Beispiel, Herr Bürgermeister, erleben Sie die Konsequenz der lockeren Moral unserer Zeit: Sie legt ganze Berufszweige lahm!“

Die Weihnachtsgans

Onkel Hugo, der auf dem Lande lebt, hatte es uns nicht nur fest in die Hand versprochen, sondern auch noch schriftlich bestätigt: „Dieses Jahr bekommt ihr eure Weihnachtsgans!"
Ich hatte dankbar die Hände gefaltet, denn im Hause eines Schriftstellers hängen nicht nur die Brotkörbe hoch; noch höher haben die Musen die Gänse gehängt! Wir hatten einige in Nachbars Garten gesichtet, gegessen hatten wir seit längerer Zeit keine mehr.
Olga blieb skeptisch: „Er wird wieder irgendeine Bosheit ausgeheckt haben und sich dabei schrecklich witzig vorkommen!"
„Olga", sagte ich sanft, „Onkel Hugo ist nun mal ein Spaßvogel, aber..."
„Vorige Weihnachten hatte er uns einen Karpfen versprochen und dann einen Goldfisch geschenkt!"
„Zugegeben", erwiderte ich beschwichtigend, „aber Onkel Hugo ist..."
„Und vorvorige Weihnachten, da hatte er mit seinem koboldhaften Lächeln einen Weihnachtsengel angekündigt! Und wer war gekommen? Seine geschiedene Nichte mit ihren beiden unerzogenen Bälgern! Vierzehn Tage lang haben wir sie durchgefüttert!"

Ich hob abwehrend die Hände: „Olga! Onkel Hugo ist mein Erbonkel! Einem Erbonkel muß man manches nachsehen."

„Vielleicht schickt er uns diesmal seine Schwester Frieda ins Haus!" rief Olga etwas schrill. „Er nennt sie doch immer ‚Dumme Gans'!"

„Er nennt sie ‚Dumme Pute!'" verbesserte ich versöhnlich, denn auf Onkel Hugo lasse ich keinen Makel fallen! „Olga", fuhr ich milde fort, „Onkel Hugo ist vielleicht etwas wunderlich, aber vergiß nicht, daß er nicht mehr der Jüngste ist, und wenn..."

„Ach, darauf spielst du an!" lachte Olga verbittert. „Wer sagt dir denn, daß er nicht längst sein gesamtes Vermögen seiner Schwester vermacht hat?"

Ich winkte freundlich ab: „Lassen wir doch die ‚Dumme Pu...', lassen wir Tante Frieda aus dem Spiel! Eine innere Stimme sagt mir, daß es diesmal wirklich eine Weihnachtsgans sein wird."

„Gebe Gott, daß du mit deiner inneren Stimme nicht dein Sodbrennen meinst!" erwiderte Olga bissig, denn sie hatte gern das letzte Wort.

Jedoch, es war wirklich eine innere Stimme gewesen, denn schon am folgenden Tag durfte ich mich zur Bahnpost begeben.

„Ihre Weihnachtsgans ist da!" empfing mich der Beamte mit schadenfrohem Grinsen und setzte mit Schwung einen Geflügelkäfig auf die Rampe! Zwischen die Gitterstäbe zwängte sich der Kopf eines gut gemästeten Federviehs und begrüßte mich mit freudigem Geschnatter. Ich war ein paar Schritte zurückgewichen, hatte ich doch einen fix und fertig gerupften Braten erwartet, doch als ich den Käfig mit einiger Mühe in den Wagen verfrachtete, mußte ich mir eingestehen, daß Onkel Hugo diesmal Wort gehalten hatte.

„Nun, Olga, was sagst du jetzt?“ fragte ich mit gequältem Lächeln, nachdem ich den Käfig auf unserem Wohnzimmertisch abgestellt hatte. „Gaak! Gackgack! Gaak!“ machte unser neuer Gast und streckte freundlich seinen schmalen Kopf durch das Gitter. Es war gut möglich, daß dies in der Gänsesprache „Fröhliche Weihnachten!“ heißen sollte.

„Eine Gans! Eine richtige Weihnachtsgans!“ stellte Olga betreten fest und streichelte dem liebenswürdigen Tier Haupt und Schnabel. Ich nickte in grimmigem Triumph: „Eine richtige Weihnachtsgans, die man essen kann!“ Aber ich fühlte sogleich, wie es mir bei diesen herzlosen Worten die Kehle zuschnürte.

„Essen?“ fragte Olga kleinlaut. „Du willst sie essen?“

„Du nicht?“ fragte ich forsch zurück. „Meines Wissens sind Weihnachtsgänse dazu da, gegessen zu werden!“

„Sie hat so treue Augen“, entgegnete Olga weich, „und sieh’ nur, wie sie ihren Kopf in meine Hand schmiegt!“

„Sie vertraut dir“, nickte ich mit säuerlichem Gesicht. „Sie mag dich, Olga!“

„Wäre es nicht eine Hundsgemeinheit, sie kaltblütig umzubringen?“ fragte Olga mit zitternder Stimme.

„Umbringen! Umbringen! Welch häßliches Wort!“ entrüstete ich mich ohne Überzeugung. „Gänse werden geschlachtet!“

Olga fuhr richtig zusammen bei diesem schrecklichen Verdikt.
„Gaak! Gackgack! Gaak!“ machte die Weihnachtsgans. Kein Zweifel, das konnte nur „Fröhliche Weihnachten!“ heißen. Olga hatte sich ruckartig nach mir umgewandt und maß mich mit einem vernichtenden Blick!
„Du Ungeheuer!“ sagte sie beinahe tonlos.
„Aber Olga! Olgachen! Du – wir hatten uns eine Weihnachtsgans gewünscht! Du hattest Onkel Hugo sogar im Verdacht, daß er uns wieder einen Streich spielen würde, und jetzt...“
„Ja, hat er das denn nicht?“ schrie sie mich an. „Er hat uns eine lebendige Weihnachtsgans geschickt, damit wir zu Mördern werden!“
„Mörder! Wer eine Gans schlachtet, ist kein Mörder, Olga! Ich jedenfalls würde mich nicht als Mörder betrachten!“
„Nein? Na, dann tu's! Murks sie ab, wenn du's übers Herz bringst!“ Olga drückte mir mit Verachtung einen spitzen Gegenstand in die Hand.
„Mit der Schere?“ rief ich erschrocken.
„Du kannst auch ein Messer haben! Oder ein Beil!“ Olga wurde richtig hysterisch, ihr verhaltenes Schluchzen war nicht zu überhören.
„Gaak! Gackgack! Gaak!“ schnatterte die Weihnachtsgans. Ich konnte mir nicht helfen, es mußte einfach „Fröhliche Weihnachten“ heißen.
„Und hör' dir diese Stimme an“, begann Olga wieder, nachdem sie ein bißchen die Fassung wiedergefunden hatte. „Hat sie nicht direkt eine menschliche Stimme?“

Ich dachte an die letzte Cocktail-Party, an der wir teilgenommen hatten. Eine gewisse Verwandtschaft mit menschlichen Lauten war nicht zu leugnen. „Gaak! Gackgack! Gaak!“ Unser Gast liebte die Wiederholungen.
„Und so etwas – so eine Seele von Tier könntest du...?“ Olga sprach das Wort nicht aus.
„Nicht ich, Olga, nicht ich! Unser Nachbar, Herr Klötenbruck, wird das... ich meine: Herr Klötenbruck ist gelernter Metzger. Ich werde sofort mit ihm sprechen!“ Es gelang mir sogar, einen salbungsvollen Tonfall anzuschlagen, von dem ich mir wohltuende Temperierung von Olgas Nerven versprach. „Wir könnten Herrn Klötenbruck für seine Freundlichkeit einen Anteil am Braten...“
„Freundlichkeit?“ fragte Olga gedehnt.
„Nun gut. Sagen wir: Für seine Bemühungen könnten wir Herrn Klötenbruck...“
Olga zog sich mit einem Seufzer den Mantel an.
„Um Gottes willen, Olga, wo willst du hin?“
„Ich werde einen Spaziergang machen, während das Unvermeidliche geschieht!“ Um ihren Mund war ein leidender Zug.
„Ich begleite dich“, sagte ich ernst. „Wir wollen diese schwere Stunde gemeinsam durchstehen.“
Ich nahm den Käfig auf und brachte ihn zu Herrn Klötenbruck, während Olga hinter der Zaunhecke wartete und verstohlen ihre Augen betupfte. Herr Klötenbruck war ein alleinstehender, noch rüstiger Rentner und hocherfreut. „Dreh'n Sie in aller Ruhe eine kleine Runde!“ empfahl er mir freundlich. „Wenn Sie zurückkommen, ist alles zu Ihrer Zufriedenheit erledigt!“

„Gaak! Gackgack! Gaak!“ rief mir die Weihnachtsgans zum Abschied zu. Ich drehte mich nicht um, strebte mit schnellen Schritten der Straße zu und hakte mich bei Olga ein. Wir entfernten uns mit nervöser Hast und schritten schweigend ums Karree.

„Es ist unmenschlich“, murmelte Olga nach einer Weile. Ich senkte schuldbewußt das Haupt und gab ihr im stillen recht.

„Das Tier fühlte sich wohl bei uns“, schluchzte sie, „man sah es ihm an! Ich werde sein liebevolles Schnattern niemals vergessen.“

„Denk an den Braten, Olga!“ parierte ich hart.

„Ich werde keinen Bissen herunterkriegen! Keinen einzigen Bissen!“

Ich auch nicht, dachte ich heimlich und blickte auf meine Armbanduhr: „Tja, ich glaube, wir können jetzt wieder zu Herrn Klötenbruck.“ Wir mußten beide heftig schlucken und pirschten uns zögernden Schrittes mit klopfenden Herzen an die Kaninchenställe heran, vor denen Herr Klötenbruck sich breitschultrig zu schaffen machte. Wie ein ertappter Sünder fuhr er herum. Herr Klötenbruck hielt einen Löffel in der Hand und hatte rotgeweinte Augen. Zu seinen Füßen stand der Käfig mit der Weihnachtsgans, die uns freudig schnatternd begrüßte.

„Ich hab's nicht fertiggebracht“, bekannte Herr Klötenbruck und wischte sich mit dem Handballen über die nassen Wangen. „Dieses Tier hat einen Blick, ich sage Ihnen, der geht einem durch und durch. Ich habe nur einen einzigen Menschen gekannt, der einen so fragend und vorwurfsvoll anblicken konnte! Das war meine Schwiegermutter, Gott hab sie selig!

Aber das da“, er zeigte auf den Gänsekopf, der sich durch das Gitter reckte, „das bring ich einfach nicht über mich.“

„Herr Klötenbruck!“ rief Olga dankbar und fiel ihm jubelnd um den Hals, und auch mir wurden die Augen feucht, und zum Schluß lagen wir uns alle drei schluchzend in den Armen vor lauter Rührung über soviel Menschlichkeit!

„Gaak! Gackgack! Gaak!“ machte die Weihnachtsgans und erinnerte uns daran, daß sie Hunger hatte. Herr Klötenbruck hatte ihr schon löffelweise Katzenfutter verabreicht, was Hulda – so hatten wir unsere neue Freundin noch am selben Abend getauft – dankbar schnatternd akzeptierte.

Am Weihnachtsabend saßen wir dann alle vier am festlich gedeckten Tisch: Hulda, Herr Klötenbruck, Olga und ich. Es gab einen köstlichen Heringssalat, den Olga mit Meisterschaft bereitet, und Hulda, die ich auf den Schoß genommen hatte, suchte sich auf ihrem eigenen Teller die besten Stücke davon raus. „Gaak! Gackgack! Gaak!“ rief sie gutgelaunt nach jedem Bissen, und wir prosteten ihr herzlich zu. Also wirklich: Hulda ist die wundervollste Weihnachtsgans, die je unser Fest verschönt hat. Sie ist lieb, anschmiegsam, intelligent, und wir hoffen, noch viele frohe Weihnachtsfeste in ihrer Gesellschaft verbringen zu dürfen...

Perpetuum mobile

Es war ein freundlicher, sonniger Maientag, als der junge Schriftsteller den älteren Kollegen besuchte. Des Jüngeren Feuerkopf leuchtete wie ein auferstandener Schiller; er strahlte wie der Himmel über der Stadt, und genauso himmelblau erschien ihm die Welt, denn er hatte einen Bestseller geschrieben!
„Das verdanke ich Ihnen, mein väterlicher Freund! Mein Mentor! Mein Spiritus rector!"
Im Überschwang seiner Gefühle hätte er dem Kollegen beinah die Hände geküßt. Der ältere Autor winkte bescheiden ab. Obwohl er zwischen gepfändeten Möbeln und verstaubten Bücherstapeln in einer viel zu engen Wohnung saß, stand er seit längerem über den Dingen. Er war knapp fünfzehn Jahre älter als sein jugendlicher Besucher, aber im Grunde war er ein alter Mann, voll gütigem Wohlwollen und weiser Resignation, denn er hatte eine Frau und fünf Kinder zu ernähren. Und es war ihm noch niemals gelungen, seine Familie standesgemäß über die Runden zu bringen!
Dafür durfte er Umsatzsteuer zahlen, obwohl er keinen Umsatz machte, und per pedes gehen, wo andere einen Mercedes benutzten. Er arbeitete achtzig Stunden in der Woche, lebte von schwarzem

Kaffee und Honoraren, an denen gemessen jeder Tariflohnempfänger ein Ölprinz aus Saudi-Arabien ist! Und ein ganz kleines bißchen lebte er – noch immer – von der Hoffnung. Aus der Küche ertönte Kindergeschrei, auf dem Korridor ließ die ältere Schriftstellergattin ihren Staubsauger heulen, und an der Wohnungstür klingelte der Hausverwalter wegen der fälligen Miete Sturm!

Trotz all dieser Unruhe des lärmenden Alltags fand der ältere Schriftsteller warme Worte neidloser Anerkennung:

„So haben Sie denn jenes Werk geschrieben, mein Freund, das zu gestalten mir in der ständigen Sorge um und der Verantwortung für das tägliche Brot nicht vergönnt gewesen ist!“ konstatierte er in druckreifer Schriftsprache, wozu er sich als Schriftsteller verpflichtet fühlte.

„So ist es, Meister! Ich habe Ihre Ratschläge getreulich befolgt und mich nicht durch die Gründung einer Familie in meiner Schaffenskraft beschnitten –“, erwiderte der junge Mann, stellte einen vergessenen Kindernachttopf diskret auf die Seite und nahm auf dem Fußboden Platz.

„Bravo! Nur so, aus dem eigenen Erleben, konnten Sie dieses Werk wirklichkeitsgetreu niederschreiben, junger Freund! Als freier Mensch, ledig der Ketten, in die zu schnell uns oftmals Eros zwängt! Nicht federführend rechts und mit der Linken Mäuler stopfend, die vor Hunger schreien!“

Der Ältere sprach bereits in freien Rhythmen, wie er es jedesmal zu tun pflegte, wenn er an seine verhinderte Dichterlaufbahn erinnert wurde.

Der junge Kollege stimmte begeistert zu:
„Ich glaube, der Menschheit und nicht zuletzt mir selber einen entscheidenden Dienst erwiesen zu haben! Der Mann, dies ist der Grundtenor meines Buches, muß unabhängig sein, wie Sie es, verehrter Meister, so schön in Worte fassen! Er darf nicht, Ihr Beispiel lehrt es, durch Weib, Kind und Familie der Daseinsfreuden verlustig gehen!"
„Bravo, mein geschätzter junger Freund! Vorsicht! Lehnen Sie sich nicht gegen das Plastikfläschen für Balthasar! Wir haben nur das eine! Ach, jetzt haben Sie den Schnuller eingerissen! – Bravo, sage ich, ledig sei der Mensch, edel und gut! Bar aller Fesseln des ehelichen Bundes!"
„Wundervoll! Phänomenal! Verehrter Meister, ich werde der dritten Auflage – die zweite wird schon nächste Woche vergriffen sein – diese tiefe poetische Maxime als Motto voranstellen!"
„Tun Sie das! Tun Sie dies, mein glücklicher, junger, beneidenswerter Freund!" Auf dem durchgeistigten Antlitz des Älteren zeigte sich der verklärte Glanz aus Jugendtagen, als er noch jambenfüßige Dramen schrieb. Mit behutsamen Händen nahm er den ledergebundenen Band mit der persönlichen Widmung des erfolgreichen Autors in Empfang.
„Wie bleibe ich Junggeselle?" lautete der Titel in Goldprägung. Der ältere Kollege las ihn versonnen mit murmelnden Lippen, bevor er das Buch auf dem fahrbaren Wickeltisch ablegte.
„Leider kann ich Ihnen gar nichts anbieten, junger Freund", hüstelte er verlegen.
„Aber das ist doch nicht nötig, verehrter Meister!"

Der junge Mann hatte sich spontan erhoben und verbeugte sich konventionell.
„Wenn ich Sie jedoch um eine andere Gefälligkeit bitten dürfte?"
„Und die wäre?"
„Verehrter Meister!" Der junge Mann straffte sich, er zurrte an seiner Krawatte und fuhr mit den Handtellern glättend über seinen Scheitel.
„Dank Ihrer väterlichen Ratschläge habe ich es zu Ruhm und Wohlstand gebracht! Was liegt da näher, daß ich mich dem Menschen gegenüber, dem ich ein Gutteil meines Erfolges zu verdanken habe, nunmehr durch einen Schritt erkenntlich zeige, den zu vollziehen mir innerstes Bedürfnis ist –"
„Junger Freund", stammelte der Ältere verwirrt und geschmeichelt, „verehrter junger Freund. Sie wollen mich teilhaben lassen an Ihrem...?"
„– und so habe ich denn die Ehre, Sie um die Hand Ihrer Tochter Lilo zu bitten, verehrter Meister! Ihr habe ich in durchwachten Nächten mein Werk diktiert! Sie war es, die mich im Glauben an den Erfolg unbeirrt bestärkt hat! Ich bin jung, gesund, erfolgreich und erfülle jede Voraussetzung, um eine Frau und eine eventuelle Famile glücklich zu machen!"
Der Ältere lächelte gütiges Einverständnis und fügte alsbald die Hände der beiden jungen Menschen zusammen. „Perpetuum mobile –", dachte er dabei lautlos, „ewiges Perpetuum mobile unseres Schicksals..."

Rette sich, wer kann

Wer hoch hinaus will, fällt tief. Das hatte sich wohl auch der angehende Selbstmörder gesagt, der im Gittergerüst der Bahnhofshalle wie eine Spinne krabbelte. Über ihm das graue Netz des Nachmittagshimmels, unter ihm die Ameisenrinnsale der Reisenden. Einige waren stehengeblieben und starrten angespannt nach oben; die meisten hatten keine Zeit dafür, ihr inwendiger Blick galt nur ihrem eigenen Schicksal.

„Was ist denn da oben los? Hat sich ein Vogel verfangen?"

„Eine Taube am Ende, in der Drahtverspannung der Ausstiegsluken?"

Ach, es ist nur ein Mensch, er hätte nicht mal Flügel, um den drohenden Absturz abzufangen oder wenigstens zu bremsen!

„Man sollte die Feuerwehr rufen!" sagte der dicke Mann an der Theke des Buffets und nahm einen kräftigen Schluck.

„Nein, die Polizei! Die Polizei ist dafür zuständig!" meinte der Buffetier und ließ aus dem Zapfhahn das Bier überlaufen.

„Hahaha, die Polizei!" lachte ein jüngerer Mann und biß in Erwartung des spannenden Schauspiels

genüßlich in seine Semmel. „Die Polizei kommt sowieso immer zu spät!"
Irrtum! Sie ist schon da!
Der junge Wachtmeister hatte den Lebensmüden schon eine Weile beobachtet. Er hatte ihn angerufen und zur Vernunft gemahnt. Der angehende Selbstmörder aber war stur und verbissen weitergeklettert über die Uhr mit den Leuchtziffern, über die Rampe der Verwaltungsetage, höher und höher.
„Kehren Sie um, Mann! Das ist Wahnsinn, was Sie da machen!"
„Sie sind doch noch jung! Sie haben das Leben noch vor sich, Mann!"
„Unter mir!" hatte der Lebensmüde mit einem bitteren Lachen erwidert! Nur der junge Polizeiwachtmeister hatte die Antwort verstanden im Bahnhofslärm und auch die drohende Ankündigung: „Und bald hinter mir!"
Da war er ihm nachgeklettert, fast mit demselben Mut der Verzweiflung – wie der Mann dort über ihm. Immer mehr Leute blieben jetzt stehen, hatten plötzlich Zeit und Muße, nicht für das menschliche Drama, sondern für die Sensation. Der Lebensmüde hielt plötzlich ein, denn der junge Beamte war nur noch drei bis vier Meter von ihm entfernt.
„Sind Sie verrückt geworden?" rief er erschrocken dem Hüter des Gesetzes zu.
„Das frage ich Sie!" keuchte sein Verfolger. Er vermied es, nach unten zu schauen, um das aufkommende Schwindelgefühl zu überspielen.
„Wenn Sie hier oben den Halt verlieren, ist es aus! Sie würden unweigerlich abstürzen!"

„So ist es!“ rief der Wachtmeister. „Machen Sie sich das mal klar!“
„Um Gottes willen, Mensch, denken Sie an Ihre Familie!“ rief der Todeskandidat zurück und wurde kreidebleich. „Haben Sie Kinder?“
„Zwei. Das dritte ist unterwegs!“
„Und da machen Sie solche Sachen? Geben Sie mir die Hand! Vorsichtig! Warten Sie, ich komme zu Ihnen!“
Der angehende Selbstmörder rutschte behutsam über eine Traverse zu dem jungen Beamten hinüber und balancierte mit ihm Zentimeter um Zentimeter abwärts zu der nächsten Trägerverstrebung.
„Du gütiger Himmel, Sie sind ja noch jünger als ich!“ stellte er dabei fest. „Was nützt denn Ihrer armen Frau die Pension ohne den Vater ihrer Kinder?“
„Ich danke Ihnen! Sie sind mir eine wirkliche Hilfe –“ Der Wachtmeister schwitzte beim Abstieg mehr als der andere.
„So eine Unvernunft! So ein Leichtsinn!“ ereiferte sich der verhinderte Selbstmörder. „Zwei Kinder und das dritte unterwegs! Und was hätte Ihre arme Frau bei den paar Dienstjahren an Pension schon groß zu erwarten? Vorsicht! Jetzt kommen wir an die Rampe! Können Sie das Geländer mit ausgestrecktem Arm erreichen?“
„Ich glaube ja –“
„Langsam! Um Gottes willen nicht noch auf den letzten Metern leichtsinnig werden! Hier kann man sich zu Tode stürzen!“
Die beiden Männer hievten sich nebeneinander über

das Geländer der Verwaltungsetage. Helfende Hände zogen sie von allen Seiten auf festen Boden. Einige Zuschauer riefen „Bravo“ und vier, fünf Leute klatschten sogar Beifall.
Der fremde Mann atmete tief durch und klopfte dem Beamten brüderlich auf die Schulter:
„Sie haben mir vielleicht einen Schrecken eingejagt! Ich kann nur wiederholen: Ein bodenloser Leichtsinn, so hoch in dem Gittergerüst herumzuturnen! Mein Gott, wie leicht hätte ein Unglück passieren können!“
Der junge Beamte wischte sich heftig atmend den Schweiß von der Stirn. Er nickte zustimmend zu den Worten seines Retters, denn es war ihm wohl bewußt geworden, daß er ohne fremde Hilfe nicht mehr lebend zurückgefunden hätte.
„Aber jetzt müssen Sie mir versprechen, daß Sie das niemals, niemals wieder tun!“ Der verhinderte Selbstmörder streckte ihm die Hand hin, die der Wachtmeister dankbar ergriff.
„Ich verspreche es!“
„Na, dann bin ich beruhigt!“
Unter dem Beifall der Menge schritten sie einträchtig auf das Buffet zu.
„Zwei Bier!“ bestellte der fürsorgliche Retter. „Sie sind natürlich eingeladen!“ Er prostete dem Beamten zu und sagte mit leutseligem Schmunzeln:
„Na sehen Sie, mein Lieber, da habe ich Sie ja nochmal vor einer Dummheit bewahrt...“

Das Pilzgericht

Linsen- und Scherbengerichte können böse Folgen haben, das wissen wir aus der Bibel und aus der griechischen Geschichte. Pilzgerichte sind aber auch nicht ohne; sie haben immer so einen leichten Beigeschmack von Henkersmahlzeit und Leichenfeier, und es wundert mich, daß noch kein Maler dieses dramatische Sujet aufgegriffen hat: statt dem „Jüngsten Gericht“ die Darstellung einer Pilze essenden Familie mit der unmißverständlichen Unterschrift: „Das letzte Gericht“.

Ein solches glaubten wir kürzlich zu uns genommen zu haben, Olga und ich, obwohl wir Pilze mögen, jedoch nicht kennen. Wir essen sie nur gern, ja, wir dürfen uns als wahre Schlemmer von Pilzgerichten bezeichnen. Wir hatten auch immer volles Vertrauen, keinerlei Assoziationen von irdischem Abschied und Chopinschem Trauermarsch. Wir verließen uns vielmehr vorbehaltlos auf die beiden Buben in unserem Dorfe, Florian und Tilman heißen sie, zuverlässige Lieferanten unserer regelmäßigen Pilzmahlzeiten, zumal es sich um gebildete Menschen handelt, von denen der erstere immerhin schon die erste Klasse des Gymnasiums besucht. Jedesmal wenn uns aus tiefem Walddunkel ein Körbchen mit der Ausbeute sachverständiger Bemühungen überbracht wurde, tauschte mein Freund Florian mit mir noch ein paar tiefschürfende Ansichten aus, etwa über die Tabelle der Bundesliga, wie es unter modernen Akademikern üblich ist, worauf er sich mit seinem üblichen „Vale in crastinum“ zu empfehlen pflegte, was bekanntlich „Auf Wiedersehen bis morgen“ heißt.

Am letzten Sonntag befielen uns jedoch bezüglich dieses freundlich gewünschten Wiedersehens Bedenken. Wir hatten ein würziges Pilzgericht mit Bratkartoffeln verzehrt; Morcheln sollen darunter gewesen sein, Parasol-Pilze und Champignons, falls ich die Artbezeichnungen richtig wiedergebe. Wir dachten weder an Gift noch sonstige tragische Ereignisse. Ich gebe sogar zu, vor Wohlbehagen in ungehöriger Weise akustisch geworden zu sein, weil ich mich irrtümlich allein im Zimmer wähnte, was mir einen gehörigen Tadel unserer Oma einbrachte, die sonst immer so schwerhörig ist. Es wäre also wirklich kein Verdacht in uns aufgekommen, wenn sich unser Kater Cosimo nicht plötzlich so merkwürdig benommen hätte. Cosimo gehört zu den Tieren, die grundsätzlich Katzennahrung in Büchsen ablehnen, wie sie im Fernsehen für unsere kleinen Lieblinge angepriesen wird. Cosimo frißt nur, was wir auch – Verzeihung, ich hätte beinahe „fressen“ gesagt!

Also kurz und gut, ich war gerade dabei, mir in der Verwirrung über meinen abgehörten Rülpser einen zünftigen „Schwarzwälder“ zu genehmigen, als Cosimo in der Kaminecke so seltsame Klagelaute von sich gab und sich in zuckenden Konvulsionen

wälzte. Auch die Oma hatte es gesehen, die sonst immer so schwache Augen hat. Und als Olga aus der Küche zurückkam, um die restlichen Teller abzuräumen, ließ sie einen derselben fallen und sagte mit aschfahlem Gesicht: „Cosimo hat auch von den Pilzen gefressen!“ Sie hat tatsächlich „gefressen“ gesagt, und es stimmte ja auch. Wir hätten auch gar keine Zeit gehabt, die Wahl unserer Worte abzuwägen, denn mit soviel atemloser Hast wie nach dieser Offenbarung sind wir noch nie in unser Auto gestiegen, wir alle drei, auch unsere Oma nicht, die sonst immer so schlecht auf den Füßen ist!
Hand aufs Herz, sind Sie schon einmal an einem Sonntagmittag zum nächsten Krankenhaus gefahren, um sich den Magen auspumpen zu lassen? Ich wünsche es Ihnen nicht, dieses Wettrennen mit der Zeit, gegen die Zeiger der Schicksalsuhr! Sie fühlen den Tod schon längs der Magenwände schleichen, ein begriffsstutziger Aushilfspförtner schickt Sie auf eine verkehrte Station; Sie trippeln über Korridore und Treppen, eine mürrische Schwester weist sie in irgendein Wartezimmer, und die Schicksalszeiger rücken weiter und weiter, während man in schläfriger Sonntagsmüdigkeit nach dem Assistenzarzt vom diensthabenden Assistenzarzt sucht! Sie spüren das Gift, wie es sich in Ihre Eingeweide frißt, wie es in Ihre Säfte schießt, wie die Glieder schwer werden, von Lähmung befallen! Ja, Sie riechen es förmlich! Es riecht giftig, auch die Oma hat es gerochen, die sonst immer keinen Geruchssinn hat! Und dann kommt endlich eine andere Schwester, eine junge hübsche diesmal, aber die ist auch recht mür-

risch, genauso mürrisch wie der Assistenzarzt vom Assistenzarzt, der Ihnen den Schlauch einfädelt und auf dessen Wange Sie den Abdruck eines Lippenstiftes entdecken, und nun wissen Sie, warum die beiden so mürrisch sind! Nun, ich will mich nicht in Einzelheiten verlieren.

Pilzgerichte, die den Magen durch Gummischläuche verlassen, noch dazu durch die Vordertür statt durch den Hinterausgang, entziehen sich aus ästhetischen Gründen der Beschreibung. Sie verursachen unbeschreibliche Foltern, und deshalb sahen wir alle drei recht bleich und mitgenommen aus, als wir wieder in den Wagen stiegen, sogar unsere Oma, die sonst immer so rosige Bäckchen hat!

Unbeschreiblich aber war auch unsere Überraschung, als wir mit flauen Mägen wieder zu Hause eintrafen:

Dort lag nämlich unser Cosimo mitten auf unserem teuren Perser und schleckte mit mütterlicher Hingabe drei hilflose Katzenkinder, die soeben das Licht der Welt erblickt hatten! Die Vergiftungserscheinungen waren Geburtswehen gewesen, wir hatten uns gründlich, aber grundlos unsere Mägen auspumpen lassen, und unser Cosimo war eine Cosima!

Nur unsere Oma, die sonst nie etwas weiß, sagte hämisch:

„Ich hab' es ja gleich gewußt! Ihr versteht nichts von Katzen!"

Ja, sie hat recht. Wir verstehen nichts von Katzen. Und von Pilzen auch nicht. Aber wir mögen sie, Pilze und Katzen…

Die Erbengemeinschaft

Ein Samstagabend im trauten Heim, wie ihn Mathias Claudius nicht gefühlvoller hätte besingen können: Die Menschheit ist an den Stromkreis der programmierten Freizeit angeschlossen und guckt in die Röhre! Anheimelnd flackert das Fernsehbild durch die gute Stube. Entspannt und ermüdet von dem Trubel der Arbeitswoche läßt man die Lotto-Kugeln klikkern. Der Vater trinkt Bier; die Mutter vergleicht mit zerfurchter Stirn die Zahlen auf ihrem Lottoschein. Noch kam nicht das große Glück. Aber das kleine tröstet über die stille Enttäuschung hinweg. Jetzt zerreißt die helle Kinderstimme des kleinen Helmut die Stimmung wie eine zerspringende Harfensaite:

„Papa, sag' mal, was ist eigentlich…"

„Warum bist du noch nicht im Bett? Mußt du immer deinen Vater stören?" fragt die Mutter ungehalten.

„Aber wenn ich doch …"

„Siehst du nicht, daß deine Mutter beschäftigt ist?"

„Aber ich wollte doch nur…"

„Trample nicht immer auf dem Jungen rum! Er ist auch ein Mensch! Aber das Bier ist dir ja wichtiger als dein Kind –"

Die Gewinnquote ist Null, die Stimme der Mutter wird scharf. Der Vater hat plötzlich ein schlechtes

Gewissen und erkundigt sich mit sanftem Ton: „Na, nun komm' mal her, mein Junge, was möchtest du denn?"
„Ich möchte dich etwas fragen, Papa!" Das Kind schaut mit großen, blanken Augen zu dem schweren Mann im Sessel auf. Der Mann streicht ihm väterlich über den Kopf. Es schmeichelt ihm als Familienoberhaupt, daß er sein Kind belehren darf.
„Und was möchtest du fragen, mein Junge?"
„Was ist eine Erbengemeinschaft, Papa?"
„Eine Erbengemeinschaft?"
„Eine Erbengemeinschaft?" echot die Mutter. Sie denkt an ihre Schwägerin, die Schwester ihres Mannes, und macht ein säuerliches Gesicht.
„Ja, was ist eine Erbengemeinschaft, Papa?"
Die Mutter unterdrückt ein höhnisches Lachen.
„Was Kinder so alles wissen wollen", lächelt der Vater mit Nachsicht.
„Erklär's ihm!" sagt die Mutter mit verbittertem Unterton. „Du bist der Mann! Du hast das Sagen! Erklär's ihm also."
Der Nachrichtensprecher berichtet gerade über die letzte Inflationsrate und daß im fernen Abessinien die Völker aufeinanderschlagen.
„Also, eine Erbengemeinschaft, mein Junge", beginnt der Vater bedächtig. „Nehmen wir einmal an, deine Großmutter würde sterben und..."
„Die stirbt nie!" kontert die Frau mit Schärfe.
„Schon um uns um die Erbschaft zu bringen!"
„Aber so laß mich doch bitte ausreden, mein Schatz! Nehmen wir mal an, sie stirbt und vermacht uns ihr Vermögen –"

„Welches Vermögen denn, Egon? Daß ich nicht lache! Sie hat doch schon alles an deine liebe Schwester verschenkt! Was will sie uns denn da noch vermachen?"
„Hilde, jetzt bist du ungerecht! Ich weiß, du hast dich nie mit meiner Mutter verstanden, aber das sagt doch noch lange nicht..."
„Wenn sie deinem sauberen Bruder, diesem Hallodri, nicht ständig alles vorn und hinten reingesteckt hätte, wäre für uns vielleicht noch was abgefallen! Aber so können wir uns höchstens die Nase wischen! Hahahaha!"
„Hilde! Ich verbiete dir, in diesem Ton von einer Frau zu reden, die dir immerhin bei unserer Hochzeit ihren Schmuck vermacht hat!"
„Ja, das wertlose Zeug! Deine Schwester hatte sich ja vorher bereits die besten Stücke weggeschnappt!"
„Das ist unerhört! Das ist eine Verleumdung!"
Der schwere Mann springt auf und reißt beleidigt die Tür auf.
„Das ist die Wahrheit! Die reine Wahrheit, mein Lieber!" Die Frau hat sich gleichfalls erhoben und zerreißt den Lottoschein zu kleinen Fetzen. „Dic Wahrheit, die du ja nie vertragen konntest!"
Als Antwort fällt die Tür krachend ins Schloß. Aber die Frau reißt sie gleich wieder auf und gleich wieder hinter sich zu. Auf dem Korridor hört man die heftig streitenden Stimmen der Eltern. Der Junge heult, und im Fernsehen spricht ein wohlwollender Herr mit weißem Kragen und schwarzem Anzug das Wort zum Sonntag.
„Aber – aber was ist denn nun eine Erbengemein-

schaft?" jammert das weinende Kind. Der wohlwollende Herr auf dem Bildschirm sagt es ihm nicht. Aber in der Frage des Kindes, das spürt es jetzt selbst unter den Tränen der Enttäuschung, liegt bereits die ganze traurige Antwort …

Die erste Liebe

„Liebst du mich?“ fragte das Mädchen. Es war achtzehneinhalb und hatte ein Recht auf Liebe und auf diese Frage.

„Ich liebe dich“, sagte der junge Mann und stöhnte ein wenig. Er war achtzehndreiviertel und schon sehr erfahren.

„Du liebst mich nicht. Du bist nicht ehrlich zu mir!“
„Ich bin ehrlich!“ beteuerte er und küßte scheu ihr Haar. „Ich sage es dir ehrlichen Herzens.“

„Du hast gestöhnt, als ich dich fragte, ob du mich liebst! Du hast gestöhnt, weil du mich nicht mehr liebst!“ Sie war blond wie die Sonne, in der man nicht so lange liegen soll.

„Ich habe nicht gestöhnt, als ich dir sagte, daß ich dich liebe! Ich habe geseufzt, weil ich so verrückt nach dir bin!“

Doch heimlich stellte er Vergleiche an, denn er hatte schon andere Mädchen geliebt.

„Aber du siehst andere Mädchen auf der Straße an!“ versetzte sie mit weiblicher Logik. „Du siehst andere Frauen an, also kannst du mich nicht lieben!“ Ihre Augen waren blau wie die Kornblumen in sommerschweren Feldern.

„Ich kann die Augen nicht zumachen, wenn ich durch die Straßen gehe…“
„Kein Mensch verlangt das. Aber wenn du anderen Mädchen begegnest, kannst du sie schließen! Wir halten uns an den Händen, ich werde dich führen.“
„Das ist Wahnsinn!“
„Das ist Liebe“, sagte sie sanft, aber bestimmt.
„Du siehst ja auch die anderen Jungen auf der Straße an!“ gab er zaghaft zu bedenken.
„Wenn du es willst, schließe ich die Augen, sobald sich ein Junge auf der Straße blicken läßt!“
„Das verlange ich ja gar nicht…“
„Weil du mich nicht liebst! Weil ich dir im Grunde gleichgültig bin!“
Jetzt stöhnte er hörbar: „Aber manchmal begegnet man Jungen und Mädchen zusammen! Wir müßten dann beide die Augen schließen …“
„Das können wir doch auch. Wir schließen beide die Augen, bis sie an uns vorbei sind“, sagte sie energisch.
„Und wie sollen wir wissen, wann wir die Augen wieder aufmachen können?“ Er hatte jetzt fast schon diesen gequälten Blick eines geprüften Ehemannes.
„Das fühlt man! Wenn man sich liebt, fühlt man alles! Dann versteht man sich auch ohne Worte.“
„Aber ich liebe dich!“ Er unterdrückte einen Seufzer und starrte eine Weile ins Leere.
„Woran denkst du?“ fragte sie mißtrauisch.
„An nichts“, sagte er ablenkend.
„Man kann nicht an nichts denken. Wir hatten uns geschworen, immer ehrlich zueinander zu sein.

Brichst du jetzt auch diesen Schwur? An wen hast du eben gedacht?"

„Ich habe an Daniela gedacht..."

„Aha! Jetzt hast du dich verraten!"

„Was heißt hier verraten? Daniela und Tom wollen sich heute abend mit uns treffen!"

„Wo?"

„Das wußte sie noch nicht. Ich sollte sie vorher nochmals anrufen."

„Wenn du Vertrauen zu mir hättest, würdest du mich bitten, Daniela anzurufen, anstatt dich heimlich mit ihr zu verabreden!"

„Aber ich habe Vertrauen zu dir! Bitte, rufe sie an: Hier sind drei Groschen – dort drüben ist eine Telefonzelle! Ruf sie an und frag' sie, wo wir uns heute abend treffen."

Das blonde Mädchen nahm das Geld, ging zur Telefonzelle hinüber und blieb ziemlich lange am Apparat. Es redete viel und laut und mit temperamentvollen Gesten. Der junge Mann wartete ergeben und wich den Blicken der jungen Mädchen aus, die an ihm vorübergingen.

Als sie endlich wiederkam, spielte ein mokantes Lächeln um ihre Lippen: „Einen schönen Gruß von Daniela. Sie muß leider heute Überstunden machen und kommt nicht vor elf Uhr nach Hause. Und übermorgen fährt sie schon in den Urlaub. Es tut ihr schrecklich leid..."

Das blonde Mädchen hakte sich bei ihm ein und fingerte, ohne daß er es merkte, die drei Groschen Telefongeld wieder in seine Jackentasche; denn sie hatte ihm und sich ja geschworen, immer ehrlich zu sein...

Bald darauf hat er sie wirklich geheiratet. Und es dauerte nicht lange, da hatte er ihn wirklich – diesen zerquälten Blick eines geprüften Ehemannes –

Der Mann im besten Alter

Der Mann im besten Alter ist noch kein alter, aber auch kein junger Mann mehr. Meistens fühlt er sich in diesem Alter nicht mehr ganz wohl, weil ihn mit jedem Jahr, das er seinem besten Alter einverleibt, das schreckliche Bewußtsein anspringt, daß er nun wirklich älter wird. Da er den Sauseschritt der Zeit nicht aufzuhalten vermag, sucht er ihn zu vergessen, indem er sich ganz den diesseitigen Freuden ergibt, soweit er ihrer noch teilhaftig werden kann. Häufig wird er davon dick, weil er zuviel ißt oder seinen Abschied von der Jugend in Schnaps ertränkt, was ihn aufschwemmt, bis er eines Tages merkt, daß er seiner Figur und seines Antlitzes wegen, die beide Auflösungserscheinungen zeigen, den Frauen nicht mehr gefällt. Dann ergreift ihn Panik, und es bleiben zwei Möglichkeiten:

1. Aus Verzweiflung ißt und trinkt er noch mehr. Und er wird davon noch dicker.
2. Aus Sorge, den Gefälligkeiten der Damen entsagen zu müssen, macht er eine Abmagerungskur. Möglichst in einem teuren Sanatorium. Wenn er es dann verläßt, ist er derart ausgehungert, daß er doppelt soviel ißt und trinkt wie vorher. Davon wird er auch doppelt so dick! Deshalb ist die erste Methode

zu empfehlen. Sie spart Geld und Umwege. Denn dicker wird er auf jeden Fall!
Der Mann im besten Alter hat nun noch eine große Hoffnung: graue Schläfen! Weil graue Schläfen in Verbindung mit einer nicht allzu schmalbrüstigen Brieftasche die Frauen über einen auf Ausdehnung bedachten Leibesumfang diskret hinwegsehen lassen. Der Mann im besten Alter, falls nicht zu korpulent und finanziell nicht zu den Asthmatikern zählend, bekommt mit den grauen Schläfen seine goldene Chance. Sie vermitteln die Ambiance weltmännischer Erfahrung, sie umwehen ihn mit einem geistigen Hauch ungerauchter Stuyvesant. Die Frauen blicken zu ihm auf, auch wenn sie größer sind als er. Sie wollen von ihm lernen, und er hofft nun endlich, von den Frauen lernen zu können. Aber meistens bekommt der Mann im besten Alter nicht nur graue Schläfen; er bekommt auch eine Glatze. Glatzen neutralisieren. Männer, die Zigarren rauchen und Rotwein trinken, haben meistens eine Glatze. Rotwein ist nichts für die Liebe. Mit Rotwein und Zigarre beginnt für den Mann im besten Alter die Resignation in ihrer gehobenen Form. Sie ist die männlichste Art der Entsagung, sie riecht nach Ledersesseln und Billardtischen, unterhält sich mit Vorliebe über Aktienkurse und schweigt über Bankkonten.
Liebesgefühle werden väterlich, und die Erkenntnis, daß die besten Jahre jetzt eigentlich vorüber sind, läßt den Mann im besten Alter zuweilen wehmütig und mit einem winzigen Seufzer jenen Damen nachblicken, die noch lange nicht im besten

Alter sind. Manche trösten sich mit dem Gedanken, daß sie jetzt eben eine Persönlichkeit werden; aber die meisten seufzen nur. Alles in allem ein recht elegisches Fazit, werden meine Leser sagen, sehr viel Wermut im Becher und nichts, was die Bitterkeit versüßt?

Übersehen wir doch unter den Männern im besten Alter nicht die Philosophen, die alles mit Gelassenheit zu nehmen wissen. Ehren wir sie – sofern wir ihnen begegnen...

Die Tücken der Technik

Angefangen hatte alles bei unserem lieben guten Hausarzt Dr. Kullrich, dem ich mit diesem Bericht jedoch durchaus nicht zu nahe treten möchte.
„Erschöpfungszustände, Depressionen, Appetitlosigkeit", stellte er lakonisch fest. Ich nickte dumpf und lustlos.
„Wie lange sind Sie schon verheiratet?"
Ich nickte noch dumpfer.
„So lange schon?" fragte er seufzend und murmelte etwas in seinen Bart, was sich wie ‚Sie armer Mensch' anhörte. Jetzt nickte ich am dumpfesten.
„Sie brauchen Abwechslung, mein Freund!"
„Öfter mal was Neues", wagte ich zu brummeln.
Nun nickte auch Dr. Kullrich: „Sie brauchen eine Freundin!"
„Herr Doktor", erwiderte ich schmerzlich, indem ich mich straffte. „Ich fürchte, daß meiner Gattin für derartige Neuerwerbungen jegliches Verständnis abgeht und..."
„Lieber Freund", fiel mir unser guter Hausarzt ins Wort, „wir leben im Zeitalter der Automation und –."
„Sie würde mir automatisch eine runterhauen, Herr Doktor."
„Aber so lassen Sie mich doch ausreden, mein

Freund! Wir leben im Zeitalter der Automation und lösen solche psychosomatischen Probleme durch die Computertechnik!“
„Herr Doktor“, entgegnete ich jetzt schon etwas lebhafter, „seit es die Computertechnik gibt, kann ich meine Kontoauszüge nicht mehr lesen! Seit es die Computertechnik gibt, findet mein Autohändler in seinem Lager keine passenden Ersatzteile mehr! Seit es die Computertechnik gibt...“
„Papperlapapp!“ fuhr mir Dr. Kullrich ins Wort. „Sie müssen Vertrauen haben! Schließlich sind die auf Europa gerichteten Raketen alle computergesteuert! Sie brauchen einfach Vertrauen.“
„Das walte Gott, Herr Doktor.“
„Also, lieber Freund“, Doktor Kullrich beugte sich vertraulich vor, „Sie werden sich einen Erosboter anschaffen! Die Kasse zahlt da neunzig Prozent! Ein Erosboter ist also durchaus erschwinglich.“
„Verzeihung, Herr Doktor“, wagte ich mich zu erkundigen. „Was ist ein Erosboter?“
„Ein Erosboter ist ein androgyner Roboter, der je nach eingespeistem Programm müde Männer munter und enttäuschte Frauen glücklich macht.“
„Das ist praktisch, Herr Doktor.“ Ich lebte sichtlich auf. „Man schlägt also, wie man zu sagen pflegt, zwei Fliegen mit einem Roboter?“
„Es ist ein Triumph der Computertechnik, mein Freund. Und völlig risikofrei für ein harmonisches Eheleben!“ betonte Doktor Kullrich.
„Meine Frau nennt mich schon seit längerem mit vorwurfsvollem Unterton den ‚Kneifer vom Dienst‘, meinen Sie, daß –“

„Sie wird Sie bald den ‚Hammer vom Dienst' nennen, lieber Freund, der Erosboter löst alle Probleme, je nach eingespeistem Programm."
Also kauften wir einen Erosboter. Der Wahrheit halber muß ich allerdings gestehen, daß wir keinen fabrikneuen erwarben, sondern einen gebrauchten, weil Olga für Sparsamkeit war. Und es ist durchaus möglich, daß es ein gebrauchter mit kleinen Fehlern war. Speiste ich den Erosboter mit dem weiblichen Verführungsprogramm SW 17, wie es laut Gebrauchsanweisung für abgeschlaffte Typen meiner Kategorie vorgeschrieben ist, so sprießte auf seiner sonst so glatten Aluminiumhaut sofort männlicher Haarwuchs, und sein eingebautes Tonband warnte im tiefsten Baß: „Pfoten weg, du Hirte, du bist auf der falschen Frequenz!"
Dabei klopfte er mir unmißverständlich auf die Finger, so daß ich den Erosboter selbstlos Olga überließ, die das Programm SM 23 für enttäuschte Ehefrauen einspeiste. Darauf stürmte das Gerät mit dem hysterischen Ausruf „Hör mal, Schwester, so eine bin ich nicht!" aus dem Zimmer. Wir waren ratlos. Schließlich tauschten wir die Programme aus: Ich ließ Olga für sie das weibliche Verführungsprogramm einspeisen. Aber das half auch nichts. Dem Erosboter sprossen zwar die Haare, aber die Baßstimme sagte: „Mieze, sei mir nicht böse, ich mach' mir nichts aus Frauen!"
Ich hatte ein ähnliches Erfolgserlebnis mit Olgas Programm SM 23. Die männlichen Haare verschwanden zwar auf der Aluminiumhaut, aber die weibliche Tonbandstimme antwortete: „Kleiner, du

hast entschieden Pech! Ich steh' nicht auf Männer!"
Nun hätten wir den Erosboter natürlich in Reparatur geben können. Doch der Verkäufer im Fachgeschäft sagte: „Das lohnt nicht mehr, die Garantie ist abgelaufen. Am besten kaufen Sie gleich einen neuen Erosboter!"
Doch Olga hatte nichts damit im Sinn. Aber sie hatte einen Vetter, der in der Computerbranche arbeitet!
„Klar, den reparier' ich euch! Der braucht nur neue Dioden, und die Kondensatoren sind auch nicht der letzte Heuler."
Vetter Harald baute also unseren Erosboter um, und als ich diesmal das Verführungsprogramm SW 17 einspeiste, verwandelte er sich in Blitzesschnelle in einen weiblichen Zahn, daß mir die Luft wegblieb. Ich machte mir schon Hoffnungen. Aber die Tonbandstimme fragte sogleich: „Süßer, wo ist Harald?"
Ich erwiderte, daß Harald ihn nur repariert habe, daß ich hingegen mit ihm zu kommunizieren wünschte!
„Ich will aber Harald!" beharrte der Erosboter trotzig. „Ohne Harald gibt's bei mir kein Programm!"
Der Erosboter gab keine Ruhe, bis er Haralds Adresse hatte.
„Ich will zu meinem Harald!" waren seine letzten Worte. „Keiner kann so zärtlich löten wie er!"
Nun machen Sie was! Gestern schrieb er uns eine Karte. Ich erkannte es sofort an dieser Computerschrift, die immer so schwer zu entziffern ist: „Wir sind wahnsinnig glücklich! Auch Harald läßt herzlich grüßen!"
Nein, meine Damen und Herren, auf die Computertechnik ist einfach kein Verlaß...

Die verbogene Banane

Die Zeiten, in denen wir leben, werden immer komplizierter, und die Menschen im besonderen sind allzu leicht auf Betrug aus.
So habe ich zum Beispiel vorgestern an einem Obstkarren drei Bananen erstanden für mein gutes Geld, weil mein Arzt meinte, Obst sei gesund und es wäre besser, wenn ich schon einen Bauch bekäme, mir diesen beim Bananenessen zu holen als vom vielen Biertrinken. Also habe ich mir die Bananen gekauft, schon allein deshalb, weil sie die Potenz erhöhen sollen und weil mein Psychotherapeut gesagt hat, daß ich Bananen als Phallus-Symbole zu betrachten habe. Na schön, Olga machte sich schon wieder Hoffnung, als sie die drei Bananen aufmunternd in ihre Obstschale legte – womit hier bitte nicht ihr Busenausschnitt gemeint ist – sondern es war eine echt silberne, getriebene Obstschale, in die man ungestraft hineinlangen darf.
Als ich mich soeben mit knurrendem Magen bedienen wollte, da ich zu Mittag nur ein Joghurt gegessen hatte, was auch sehr gesund sein soll, verhielt meine Hand in greifender Bewegung, wobei ich mit einem Ausruf des Entsetzens dieselbe öffnete und die vereinnahmte Frucht wieder in die Schale zurückfallen ließ!

Olga stürzte herbei, sah meine krampfhaft gespreizte Rechte und mein wachsbleiches Antlitz. „Was ist geschehen?“ rief sie erschrocken, „hat dich etwas gestochen?“
„Die Banane!“ antwortete ich kläglich.
„Die Banane hat dich gestochen?“
„Nein. Das heißt – die Banane –“ wiederholte ich verstört.
„Ja, was hat sie denn nun? Hat sie dich gestochen oder hat sie dich nicht gestochen?“
„Sie hat mich erschreckt!“
„Wieso läßt du dich von einer Banane erschrecken? Ist sie angefault? Ist sie matschig –?“
„Sie ist verbogen, Olga!“
„Sie ist was?“
„Verbogen! Die Banane ist verbogen!“
„Was ist das für ein Unsinn? Alle Bananen sind verbogen!“ versetzte Olga barsch. „Sie sind so eine Art – eh – Phallussymbol“, setzte sie leicht errötend hinzu.
„Die nicht!“ fuhr ich ihr in die Parade. „Die nicht, Olga! Sie ist gerade! Sie weist überhaupt keine Krümmung auf!“
„Na und –?“
„Sie ist eben verbogen!“
„Ja, Himmeldonnerwetter nochmal!“ Jetzt wurde Olga ernstlich böse; eigentlich war sie immer sanft wie ein Lamm, aber diesmal wurde sie wirklich ernstlich böse. „Was redest du heute für einen Stuß? Eben sagtest du noch, die Banane sei gerade! Und jetzt ist sie wieder verbogen! Was soll das heißen?“
„Das soll heißen, daß eine Banane, die gerade ist,

verbogen ist! Es ist eine verbogene Banane! Hier, sieh sie dir doch mal an, Olga! Hast du schon mal einen solchen Phal – hast du schon mal eine solche Banane gesehen?“

„Sie ist kerzengerade!“ stellte Olga fest und dachte an etwas.

„Jawohl“, bestätigte ich. „Sie ist kerzengerade! Es fehlt ihr die Krümmung! Folglich ist sie keine richtige Banane! Folglich hat man mich beim Einkauf betrogen! Ich werde die Banane reklamieren!“

Ich zeigte dem Obsthändler Brunnhuber die bei ihm käuflich erworbene Banane!

„Das nennen Sie eine Banane?“ fragte ich vorwurfsvoll. „Nächstens verkaufen Sie mir eine gelbe Rübe als Stachelbeere!“

„Ich verkaufe keine Stachelbeeren!“ erwiderte Herr Brunnhuber gereizt. „Und schon gar nicht einzeln!“

„Das habe ich auch nie behauptet!“

„Doch, das haben Sie behauptet!“

„Sie haben sogar behauptet, daß ich gelbe Rüben als Stachelbeeren verkaufe! Das ist eine Beleidigung!“

Also, was soll ich lange erzählen, ein Wort gab das andere, und den Worten sollten bereits Taten folgen, als ein Polizist aufkreuzte und Herrn Brunnhuber veranlaßte, mir die Telefonnummer des Südfrüchteimporteurs zu geben, von dem er seine Bananen bezogen hatte. Er hieß Salvatore Čis, was man leider auch so ausspricht, weil er aus Triest stammte und einen kroatischen Vater hat.

„Chi c’è? Chi parla?“ fragte Signor Čis unfreundlich durchs Telefon. Ich stotterte meinen Namen und begann in meinem besten Italienisch: „Io ho una banana –."

Signor Čis ließ mich leider nicht ausreden, sondern schnarrte zurück: „Ick aben auch eine Banana! Aber ick sie dir nick seigen!"

Klick! Und damit hatte er aufgelegt. Es war mir sofort klar geworden, Signor Čis wollte mit mir nicht über verbogene Bananen diskutieren, so daß ich mich gezwungen sah, mich ans Tropeninstitut zu wenden zwecks amtlicher Feststellung, ob eine gerade Banane eine verbogene Banane sei oder nicht und ob eine verbogene Banane gerade wegen ihrer Gradheit, weil sie eben so gerade sei, nicht als verbogene Banane und gerade deshalb nicht mehr als eigentliche Banane zu bezeichnen sei.

Ein verwirrter Beamter verwies mich an den botanischen Garten, wo mich ein mißtrauischer Angestellter mit wachsender Nervosität anhörte und schließlich auf einen verborgenen Klingelknopf drückte! Keine zehn Minuten später war ich von einem halben Dutzend Kriminalbeamten umzingelt, die beim Anblick der verbogenen Banane leicht in Dekkung gingen und mich dann mit vorgehaltenem Revolver zwangen, die Banane aufzuessen!

„Wenn sie vergiftet ist, so krepieren Sie wenigstens selber daran, Sie Terrorist!" sagte der eine hart.

Sie war natürlich nicht vergiftet, denn sonst hätte ich diesen Bericht nicht schreiben können. Aber seither mag ich keine Bananen mehr! Können Sie das verstehen?

Die INTERWAN

Meine sehr verehrten Damen und Herren! Nun ist es soweit: Die Öl- und Benzinpreise fahren uns davon! Wir alle sind aufgerufen, ihnen hinterherzulaufen, indem wir uns eines Energieträgers bedienen, den wir jahrzehntelang sträflich vernachlässigt haben, nämlich der eigenen Füße! Unter der Schirmherrschaft unseres Bundespräsidenten, selbsthöchst ein Vertreter deutscher Wanderlust, ist nunmehr eine Fachmesse in Vorbereitung, die der gesamten europäischen Gemeinschaft wieder auf die Beine helfen soll, die Internationale Wanderausstellung, abgekürzt: INTERWAN!
Meine sehr verehrten Damen und Herren! Was will INTERWAN? INTERWAN will uns von dem Wahn befreien, daß der Mensch geboren wurde, um durchs Leben gefahren zu werden! INTERWAN will uns den Gebrauch unserer Füße schmackhaft machen, will denselben wieder Gehfertigkeit vermitteln und sie somit zu ihrer ursprünglichen Funktion, nämlich der Fortbewegung durch eigene Kraft, zurückprogrammieren. INTERWAN will unserer progressiven Klassengesellschaft – wir sprechen ausschließlich die Hubraum- und Steuerklassen an – endlich Beine machen! INTERWAN will daher mit-

helfen, ein völlig neues Mobilitätsbewußtsein zu entwickeln! Betrachten wir doch einmal die Lage:
Nachdem die Fahrpreiserhöhungen der öffentlichen Verkehrsmittel nur noch begüterten Individualisten die Benutzung derselben gestatten, den minderbemittelten Bürger hingegen hinter das Steuer eines Kraftfahrzeuges verbannten, droht nunmehr dem proletarischen Fußvolk der Autofahrer – man lasse sich durch das scheinbar paradoxe Bild nicht beirren – durch die drastischen Benzinpreiserhöhungen das Umsteigen auf Schusters Rappen, womit die Generation unserer Väter einmal die eigenen Stiefel bezeichnete.
Wir sollen mal wieder ein Volk von Marschierern werden!
Und hier nun will INTERWAN Ihnen beratend zur Seite stehen, um Ihnen die ersten Schritte zu ermöglichen. Das beginnt mit dem Wanderstock „INTERSTICK“, der sowohl für Rechts- wie für Linksverkehr zugelassen ist und dank einer sinnreichen Saugvorrichtung auch bei schwankendem Verlassen von Gaststätten und ähnlichen Tankstellen hundertprozentigen Halt gewährleistet, und hört bei dem Pedal-Umschulungspromotor zwecks Entwöhnung der Füße von Gaspedal, Kupplung und Bremse, abgekürzt PUP, noch lange nicht auf!
INTERWAN will auch dem Wanderlied wieder zur Blüte verhelfen, ein dreisprachiges WAN-SONG-BOOK mit einem freundlichen Geleitwort von Altbundespräsident Scheel liegt bereits vor!
Sollten Sie mit Ihrer Familie größere Touren planen, so steht Ihnen – wie ehemals die Caravans – ein aus-

gewogenes Angebot von „WAN-PULLS“ zur Verfügung. Es handelt sich hierbei um Wohnwagen zum Selbstziehen in Leichtbauweise. Zur Inbetriebnahme derselben benötigen Sie lediglich das Zuggeschirr „Drag-boy“ (in Nylon oder echt Leder) und einen auf die linke Schulter montierten Rückspiegel sowie eine internationale WAN-PULL-Zulassung, die in jedem Schuhgeschäft und in jeder Schusterwerkstatt erhältlich ist. (Im Winter sind für Zug-Personen Skistiefel Vorschrift!) Nach der Freß-, der Auto- und der Reisewelle kommt nun dank INTERWAN die Wanderwelle auf uns zu! Die Windjacke und Wickelgamasche der bündischen Jugend werden endlich zum Statussymbol, nicht nur der Rucksack, auch die Botanisiertrommel und das Schmetterlingsnetz sollen wieder europäisches Kulturgut werden. Zur Überbrückung unliebsamer Verkehrsstauungen in Fußgängerzonen wurde soeben der aufblasbare Ruhe-Hocker „Blow-back“ auf den Markt gebracht, worauf wir besonders hinweisen möchten.

Meine sehr verehrten Damen und Herren! INTERWAN, das werden Sie meinen Ausführungen hoffentlich entnommen haben, will Ihnen das verlorengegangene Selbstgefühl unserer Altvorderen wiedergeben, nämlich das Bewußtsein, mit beiden Beinen auf der Erde zu stehen und dieselben notfalls gebrauchen zu können. Fehlgeleitetes Prestigedenken soll hinfort der Stolz auf die doppelte Kernledersohle anstatt auf den neuen Mercedes im wahrsten Sinne des Wortes unterlaufen! Nicht mehr der Automobil- und Ölproduzent, sondern der Schuster soll in allen Bereichen des privaten und öffentlichen Lebens die Art unserer Schritte bestimmen! Ich bitte dies ohne hämischen Doppelsinn aufzufassen, denn unsere Lage ist weiß Gott so verfahren, daß es für uns alle höchste Zeit ist, wieder das Laufen zu erlernen!

INTERWAN weist Ihnen die neuen Wege dorthin!

Und zum Schluß noch einen Hinweis für den internationalen Jet-Set, der ja bei allen epochemachenden Ereignissen zum Erscheinen verpflichtet ist: Zur Eröffnung der INTERWAN werden wir selbstverständlich mit Sekt und kaltem Buffet ein obligates WAN-IN veranstalten! Hach, wird das schick…

Zug um Zug

Das menschliche Leben ist weitgehend vom Zug abhängig. Bekanntlich beurteilt man einen Menschen gern nach seinen Zügen! Gemeint ist damit, ob er 1. oder 2. Klasse fährt, eventuell auch TEE, und ob er seine Termine pünktlich einhält. Für Leute, die aus dem Mustopf kommen, ist der „Zug längst abgefahren"! Besonders morgens und abends genießt der Berufstätige des 20. Jahrhunderts das „Leben in vollen Zügen"! Bietet eine ältere Dame einem jüngeren stehenden Herrn einen Sitzplatz an, so ist das im Sprachgebrauch „ein netter Zug" von ihr. Einzug ist einer von zwei Zügen, ein abfahrender Zug ist ein Abzug, ein ankommender ein Anzug! Ein Anzug ist aber auch die Dienstkleidung des Schaffners, der im D-Zug auch bei Durchzug seinen Umzug tätigt.

Auch beim Schachspiel ist immer „einer am Zug". Gemeint sind damit zwei Reisende, die sich die Zeit mit Schachspielen vertreiben wollen und von denen der eine auf den anderen vor dem Eisenbahnwaggon wartet. Ein Gegenzug ist übrigens ein geschickter Schachzug, der meist unerwartet eintrifft, weshalb man ihn auch einen „unplanmäßigen Zug" nennt; dic Kurzbezeichnung dafür lautet: „Zugabfertigung". „Auszug" lautet das Kürzel für „Zug außer Betrieb". Unter „Zugzwang" lebt, wer seines Führerscheins verlustig, hinfort auf die Eisenbahn angewiesen ist. Eine „Zugbrücke" – das sagt ja der Name – ist eine Brücke, über die ein Zug fährt. Erstaunlich ist, daß jede mittelalterliche Burg eine „Zugbrücke" besaß, obwohl damals die Eisenbahn noch gar nicht erfunden war!

Mit „Zugpflaster" bezeichnet man etwas amateurhaft den Schotter zwischen den Schienen, mit „Zugtier" beispielsweise einen mitreisenden Dackel, mit „Zugverband" mehrere aneinandergekoppelte Waggons! Ein „Zugstück" ist demnach ein beliebig aus dem „Zugverband" herausgenommenes Einzelstück, sei es Waggon, Lokomotive oder Reisekoffer. Superschnelle Luxuszüge nennt man „Überzüge". Der Satz „Er leerte das Glas in einem Zuge" bezieht sich unmißverständlich auf einen Gast im Speisewagen.

In Ostfriesland ist eine Vorrichtung in Erprobung, Züge anstatt durch langwierige Kurven im rechten Winkel abschwenken zu lassen! Allerdings haben die Linken dagegen protestiert.

Da die „Zugvögel" zum Fliegen selbstverständlich Zugluft benötigen, plädieren die Umweltschützer für die Beibehaltung der Züge. Mit anderen Worten: Das Eisenbahnzeitalter fängt jetzt erst an! Im übrigen: „Das Zugpferd" ist lediglich die falsche Schreibweise eines Ausländers. Richtig muß es natürlich heißen: „Der Zug fährt..."

Olga freut sich auf deinen Anruf

„Greift nur hinein ins volle Menschenleben“, empfiehlt der große Goethe uns hart ringenden Kollegen von der schreibenden Zunft, „und wo ihr’s packt, da ist’s interessant!“

Ich habe dies immer getreulich befolgt und im gründlichen Studium der Presse vom Regenbogen bis zum nüchternen Wirtschaftsreport der Absurdität der menschlichen Existenz nachgespürt.

„Leg endlich die Zeitung weg und arbeite!“ hatte mich Olga an jenem Morgen wiederholt gemahnt, als es passierte.

Mit Vorliebe habe ich immer den Anzeigenteil studiert. Den Tiermarkt: Zwergpinscher, fast stubenrein, billig abzugeben. Oder Verschiedenes: Wer weiß Mittel gegen Schweißfüße? Erfahrungsaustausch unter Chiffre. Oder Bekanntschaften: Großindustrieller, Frohnatur, sechssprachig, Haus in den Bergen, Yacht am Mittelmeer, für alles Schöne aufgeschlossen, sucht kultivierte „Sie“.

Ich habe nie begriffen, wieso dies ausgerechnet über eine Zeitungsannonce geschehen muß.

„Weil du ein Trottel bist“, hatte Olga meine Frage beantwortet, „und nichts vom praktischen Leben verstehst! Willst du jetzt endlich deine alberne Zeitung weglegen und dir etwas einfallen lassen?“

An jenem Morgen fiel mir nichts ein, sondern etwas auf! Nämlich solche freundlichen Ankündigungen wie „Britta erwartet dich“ plus Telefonnummer oder „Besuch uns doch mal!“ Unterschrift Silke und Rita mit dem Zusatz von zehn bis vierundzwanzig Uhr außer sonntags! Ich hatte gar nicht vermutet, daß es in einer anonymen Großstadt so kontaktfreudige Menschen gibt!

Eine andere Anzeige lautete „O lala!“ Dann folgte wieder eine Telefonnummer. Und darunter stand kommentarlos: „Neu: Jou-jou aus Paris!“ Ich wollte gerade wieder eine diesbezügliche Frage an Olga richten, die mit der Kaffeemaschine hantierte, als mich eine weitere Mitteilung mißtrauisch zusammenfahren ließ: „Olga freut sich auf deinen Anruf“ hieß es da!

Wieso Olga? – dachte ich irritiert. Und laut und vernehmlich sagte ich zu Olga, die gerade die Semmeln aufschnitt: „Olga, wieso freust du dich über meinen Anruf?“

Olga straffte sich und taxierte mich mit großen, fragenden Augen: „Was faselst du da –?“

„Ich möchte wissen“, fragte ich strenger, „wieso du dich über meinen Anruf freust! Hier in der Zeitung steht, du freust dich über meinen Anruf!“

Ich reichte ihr die Zeitung und tippte vorwurfsvoll auf die Anzeige.

„Bist du übergeschnappt? Weißt du nicht, was das für eine Anzeige ist?“

„Nein“, erwiderte ich wahrheitsgetreu. „Das weiß ich nicht.“ Und etwas schärfer: „Aber du scheinst es zu wissen!“

„Natürlich. Jeder Schwachkopf weiß das!“

„Aha. Und warum hast du diese Anzeige in die Zeitung gesetzt, Olga?“

„Das habe ich nicht!“ protestierte sie lautstark. „Ich habe diese Annonce nicht aufgegeben!“

„Aber du sagst selber, daß du weißt, um was es sich handelt. Dann hat sie ein anderer für dich aufgegeben?“

„Auch nicht ein anderer!“ zischte sie wütend.

„Aber du heißt Olga!“

„Aber ich bin nicht diese Schlampe!“

„Welche Schlampe, Olga?“

„Die diese Anzeige in die Zeitung gesetzt hat!“

„Du kennst sie also?“

„Ich kenne sie nicht!“ blaffte Olga zurück und ließ den Kaffee in ihrer Tasse überschwappen. „Und ich lege auch nicht den geringsten Wert darauf, sie kennenzulernen.“

„Aber du sagst, daß sie eine Schlampe ist!“

„Das ist sie auch!“

„Wie willst du das wissen, wenn du sie gar nicht kennst?“

„Sag mal, bist du so blöd?“ schrie Olga mit funkensprühendem Blick, „oder tust du nur so?“ Jetzt hatte sie sich beinahe in den Finger geschnitten.

„Olga“, erwiderte ich tadelnd, „weiche gefälligst nicht meiner Frage aus! Du reagierst, als wenn du ein schlechtes Gewissen hättest!“

„Was denn für ein schlechtes Gewissen?“ fauchte Olga. „Was habe ich mit diesem zweideutigen Flittchen zu tun?“

„Wieso zweideutig? Was ist daran zweideutig, wenn hier steht, daß sich Olga über deinen beziehungsweise meinen Anruf freut?“

„Da hast du auch wieder recht!“ patzte es zurück. „Die Anzeige ist eindeutig genug!“

„Eben sagtest du aber, daß deine Olga ein zweideutiges Flittchen sei!“

„Sie ist nicht meine Olga!“

„Wessen denn?“

„Das weiß ich nicht! Ich will es auch gar nicht wissen! Hörst du jetzt endlich mit deiner idiotischen Fragerei auf? Willst du mir partout das Frühstück verderben?“ Olga warf mir eine Buttersemmel an den Kopf, die ich leider zu spät konterte.

„Olga!“ rief ich meinerseits erregt. „Da stimmt doch etwas nicht! Du behauptest, die Dame nicht zu kennen, sagst aber ...“

„Das ist keine Dame!“

„Woher willst du das wissen, wenn du sie gar nicht kennst?“

„Hörst du jetzt endlich auf?“

„Olga, willst du mir das Fragen verbieten?“ Ich war aufgesprungen und ins Nebenzimmer gelaufen zum Telefon. „Ich werde diese Dame anrufen und sie persönlich fragen, was du gegen sie hast –“

„Untersteh dich!“ schrie Olga und riß beinahe den Tisch um.

„Aha!“ rief ich triumphierend. „Jetzt dämmert es mir! Ihr habt euch gezankt! Um was ging es?“

„Wir haben uns nicht gezankt!“ brüllte Olga und schlug mir den Hörer aus der Hand.
„Schuldest du ihr Geld?“
„Auch nicht! Himmeldonnerwetter, ich will nicht, daß du sie anrufst, so eine – so eine …
Olga suchte nach einer Vokabel, die sich in der Erregung nicht finden ließ, während ich mich noch einmal zu strenger Ruhe zwang.
„Olga“, sagte ich. „Ich finde dies äußerst merkwürdig. Da setzt jemand, der genau wie du Olga heißt, eine Annonce in die Zeitung und freut sich auf einen Anruf. Ich will diesem Menschen eine Freude machen in einer Welt, in der es so wenig Freude gibt! Du aber möchtest das um jeden Preis verhindern!“
In diesem Moment hatte Olga mit der kostbaren Ming-Vase nach mir gezielt und auch getroffen!
Sie besucht mich jetzt täglich am Krankenbett. Die andere Olga, die Olga nicht zu kennen behauptet, wartet unterdessen geduldig und freut sich noch immer auf meinen Anruf.
Sobald ich genesen bin, das habe ich mir fest vorgenommen, werde ich sie mit Olga mal besuchen. Ich glaube, daß sie sich darüber riesig freuen wird …

Der Briefmarkenmörder

Ich möchte Ihnen im folgenden schildern, wie auch der friedlichste Mensch zum Kriminellen werden kann. Schuld daran bin nicht ich, sondern die Post, die bekanntlich für ihre Kunden da ist. Denn Service ist alles. Deshalb hält sie von mehreren Schaltern immer einen geöffnet. Durch diese weise Maßnahme drückt sie der hektischen Betriebsamkeit – um es postalisch auszudrücken – den Stempel momentaner Selbstbesinnung auf, denn Leute, die Schlange stehen, müssen sich zur Ruhe zwingen.

Sie rücken langsam vor wie die Zeiger der Normaluhr und bekommen ein ganz besonders verinnerlichtes Zeitgefühl.

Da Schlangestehen einerseits ermüdet, schließt die Post ihrerseits von elf bis drei ihre Pforten, damit der Kunde in der Zwischenzeit neue Kräfte für die nächste Warteschlange schöpfen kann. Der Kunde ist König. König sein ist ein schwieriger Job.

Ein König darf nie das tun, was er gerne möchte. Ein Kunde darf es auch nicht. Er darf die Gebühren bezahlen, aber er darf zum Beispiel nicht am Samstag oder Sonntag die Störungsstelle anrufen, wenn seine Leitung gestört ist. Denn da läßt sich die Post nicht stören. Sie ist ein ruhiges Unternehmen und

läßt sich gern Zeit. Zum Beispiel mit der Briefzustellung. Drei bis vier Tage zwischen München und Karlsruhe sind bereits wieder normal wie in Goethes Tagen. Die abgeklärte Ruhe des Olympiers beflügelt die Post spürbar. Wem das zu langsam geht, dem rät sie „Ruf doch mal an". Und wer dann keinen Anschluß bekommt, weil das Telefonnetz hoffnungslos überlastet ist, dem ruft sie fröhlich zu „Schreib' mal wieder!"
Der Kunde braucht also bloß zu wählen. Nicht die Nummer, denn das hätte nicht viel Zweck, sondern zwischen zwei Möglichkeiten. Wie gesagt: Er ist König. Ein König ist immer von irgend etwas getrennt durch die Schranken des Protokolls. Ein Kunde durch den Schalter im Postamt.
An dem Tag, als es geschah, hatte Olga mir einen Hundertmarkschein zugesteckt: „Damit gehst du jetzt zur Post und kaufst hundert Achtziger-Briefmarken, für den Rest Fünfziger. Die Feiertage nahen, und wir wollen an Freunde und Verwandte dein neues Buch verschicken, denn kaufen tut es ja doch keiner."
Olga hatte wie immer recht, und Gehorsam ist die erste Ehepflicht. Ich begab mich also zum Postamt und stellte mich in der Schlange vor dem geöffneten Schalter an. Nun ist die Schlange bekanntlich ein Symbol der Ewigkeit und Falschheit. Ich merkte es, nachdem ich nach einer kleinen Ewigkeit von 15 Minuten den Schalter erreicht hatte. „Einschreiben, Päckchen, Wertzeichen in kleinen Mengen" stand auf dem messinggerahmten Schild. „Hundert Marken zu achtzig und vierzig zu fünfzig bitte!"

„Tut mir leid", belehrte mich der Beamte, „hier bekommen Sie nur Wertzeichen in kleinen Mengen!" Und deutete erklärend nach oben.
„Und wo bekomme ich größere Mengen? Die anderen Schalter sind ja alle geschlossen!"
Der Beamte zuckte bedauernd mit den Schultern: „Hier darf ich Ihnen leider nur kleine Mengen abgeben."
„Und wieviel bitte?"
„Zehn Achtziger und zehn Fünfziger, wenn Ihnen damit geholfen ist."
„Geholfen nicht, aber es ist ein Anfang", seufzte ich, um vertraulich hinzuzufügen: „Ach bitte, könnten Sie nicht ausnahmsweise..."
„Keine Privatunterhaltung da vorne!" raunzte eine Stimme am Ende der Schlange, und eine energische Dame drängelte mich zur Seite, so daß ich gerade noch mein Wechselgeld erhaschen konnte. Ich hatte jetzt zehn Achtziger- und zehn Fünfziger-Marken, aber natürlich traute ich mich damit nicht nach Hause. „Hundert Achtziger, für den Rest Fünfziger", hatte Olga befohlen.
Ich stellte mich also erneut am Schluß der Schlange an. Nach abermals 15 Minuten war ich wieder an der Reihe.
„Zehn Achtziger und zehn Fünfziger, bitte", flüsterte ich verschämt. „Das heißt: Eigentlich möchte ich neunzig Achtziger und dreißig Fünfziger, wenn Sie vielleicht..."
„Ich darf hier nur kleine Mengen abgeben", konterte der Beamte, ohne mich wiederzuerkennen.
„Wenn ich diesmal vielleicht fünfzehn Achtziger

und fünfzehn Fünfziger ...“ sagte ich schüchtern.
„Ausnahmsweise“, meinte der Beamte. „Macht neunzehn fünfzig.“
Ein drahtiger Sportstyp schob mich nach links und dafür von rechts ein Päckchen in den Ausgabeschlitz. Nunmehr hatte ich also 25 Achtziger- und 25 Fünziger-Marken erstanden. 55 Achtziger und 15 Fünfziger galt es noch zu erobern. Ich atmete tief durch, weil Durchatmen immer gut ist, wenn man etwas Großes vorhat. „Hinten anstellen!“ rief eine drohende Stimme, als ich etwas unschlüssig auf die Menschenschlange zutrat.
Ich stellte mich hinten an. Nach dem nächsten Schub hatte ich es auf 40 Achtziger und 40 Fünfziger gebracht. Ich war richtig stolz, wie sich die kleinen Mengen zu größeren Mengen summierten. Beim fünften Schub hatte ich 70 Achtziger und 40 Fünfziger zusammen!
„Na, nun haben wir es ja bald“, sagte der Beamte gemütlich und nickte mir ermunternd zu. Ich wollte mich gerade wieder hinten anstellen, als der Nebenschalter geöffnet wurde. „Pakete, Wertsendungen, Wertzeichen in größeren Mengen“ stand darüber zu lesen.
Von der langen Warterei noch etwas benommen, erwischte ich in der sich neu formierenden Schlange nur den letzten Platz, was Olga bestimmt mit einem zischenden „Trottel“ quittiert hätte.
Nach abermals fünfzehn Minuten war es soweit.
„Zehn Achtziger bitte“, verlangte ich erschöpft. Der Beamte deutete nach oben: „Hier nur größere Mengen, mein Herr!“

„Aber ich brauche nur zehn Achtziger!“ rief ich verzweifelt.
„Und außerdem habe ich nicht mehr soviel Geld, um mir mehr als zehn Achtziger leisten zu können!“
„Ihr Pech“, erwiderte der Beamte kühl. „Der nächste bitte!“
In diesem Augenblick habe ich zugeschlagen. Durch die Scheibe, durch den Schalter, überhaupt durch und durch. Ich glaube, ein paar Postkunden waren auch dabei. Nun schreibe ich dieses Bekenntnis aus der Untersuchungshaft und möchte prophylaktisch ein Gnadengesuch einreichen. Ich weiß nur noch nicht, wo ich dafür die Briefmarken herkriegen soll...

Wie ich meine Identität fand

Die meisten Menschen sind ihr ganzes Leben auf der Suche, sei es nach Geld, Erfolg, einem Partner, dem Stein der Weisen oder was immer man unter dem Glück verstehen mag, das die Schlagerdichter so reimselig mit Liebe, Triebe, Herz und Schmerz in Verbindung bringen.

Das war so seit Urgenerationen, so daß die Vermutung naheliegt, daß es auch heute noch so ist. Dies ist ein Irrtum. Als unsere Tochter ins heiratsfähige Alter kam, glaubten wir, daß sie nun einen Mann suchen würde. Weit gefehlt. Sie suchte ihre Identität! Als Schriftsteller muß man nicht nur in die Schreibmaschinentasten, sondern auch ins volle Menschenleben greifen. Und da begegnet man heutzutage ganzen Legionen von Leuten, die ihre Identität suchen. Meistens haben sie einen beleidigten Gesichtsausdruck, einen langen Haarschnitt, ein dickes Fell, ausgefranste Jeans und ein zu kleines Portemonnaie. Man sieht gleich, daß ihnen etwas fehlt: eben ihre Identität!

Mit Schrecken stellte ich neulich fest, daß ich mich noch nie um meine Identität gekümmert hatte. Besaß ich überhaupt eine? Also beschloß auch ich, sie zu suchen.

„Willst du verreisen?“ fragte Olga, als sie meinen gepackten Koffer sah.
„Jawohl“, sagte ich. „Ich gehe auf eine Forschungsreise. Ich suche meine Identität!“
„Du suchst was?“
„Ich suche meine Identität, Olga!“ wiederholte ich treuherzig, und auf ihren hilflos fragenden Blick zitierte ich aus dem Lexikon: „Das ist die für die Logik grundlegende Eigenschaft der Dinge, jedes für sich, sich selbst gleich, diesselbig zu sein!“
„Aha“, sagte Olga. „Völlig klar, ich verstehe.“ Dabei sah sie mich an, als wollte sie sich erkundigen, ob es sehr oder bloß ein bißchen weh tue. Doch sie begnügte sich mit der Frage:
„Du bleibst über Nacht fort?“
„Jawohl, Olga, es wird etwas länger dauern. Man braucht dazu Erfahrungen, und der Zeitfaktor darf keine Rolle spielen. Das Identitätsprinzip verlangt, daß jeder Begriff im Verlaufe eines zusammenhängenden Denkaktes genau dieselbe Bedeutung beibehalte. Dies ist die Forderung der feststehenden Bedeutung der in einem Urteil gebrauchten begrifflichen Symbole.“
„Einleuchtend“, nickte Olga und schloß etwas lautstark die Tür, ohne mir „Viel Erfolg“ zu wünschen.
Ich wurde dann Mitglied einer Wohngemeinschaft, bei der ich mich durch die Spende von zwei Hundertmarkscheinen angebiedert hatte, was mir das Kompliment eintrug: „Bist du also auch eine von diesen etablierten Säuen, Opa?“ Ich antwortete geschmeichelt: „Eigentlich bin ich ja auf der Suche nach meiner Iden...!“ Aber weiter kam ich nicht, weil ich erst-

mal den riesigen Berg dreckigen Abwasch in der Gemeinschaftsküche aufarbeiten durfte, was mich etwas verwunderte, denn es waren weit jüngere weibliche und männliche Bewohner anwesend mit jeder Menge Zeit, die den lieben langen Tag in den Ecken herumlungerten und immer so taten, als ob sie etwas suchten. Zuerst dachte ich, sie suchten einen Job. Aber das war es nicht. Sie suchten alle ihre Identität! Ich hatte nur nicht den Eindruck, daß der eine dem andern bei der Suche behilflich war. Es suchte jeder für sich allein. Und die meisten rauchten dazu so ein merkwürdiges Kraut. Der etwas penetrante Geruch – sie rochen alle etwas streng – und die freundliche Aufnahme, die ich bei den Suchenden gefunden hatte, veranlaßten mich von meinen King Size mit Goldmundstück anzubieten, was mir schallendes Gelächter eintrug!

„Onkelchen, du bist so umwerfend naiv!" rief eine kleine Blonde und setzte sich auf meinen Schoß. Ich war ihr dankbar, daß sie mich „Onkelchen" und nicht „Opa" nannte, weil „Onkelchen" nicht unbedingt mit der Vorstellung stark vorgerückten Alters verknüpft war.

„Ich heiße Ida", sagte sie forsch und hauchte einen Kuß auf meine gelichtete Stirn. Sie war angenehm mollig und auch sonst sehr griffig, und ich wollte gerade fragen: „Ach, Ida? Hat das was mit Ihrer Identi..." Aber ich kam wieder nicht weiter, denn jetzt klatschte eine löwenmähnige Rotblonde in die Hände:

„Los, Kinder, Halbkreis bilden! Augen schließen! Und nun lauschen wir mal alle unserem Selbst!"

Ich wollte „Wie bitte, wem lauschen wir?“ fragen, aber da zog man mich schon von dem einzigen Stuhl, auf dem ich Platz genommen hatte. Wir hockten uns alle im Halbkreis in den Schneidersitz, was ich reichlich unbequem fand, obwohl sich die mollige Blonde ganz dicht an mich lehnte und mir zur Linken eine langsträhnige Schwarzhaarige ein ähnliches Kommunikationsbedürfnis bekundete.
„Los, der Rübezahl fängt an!“
Ich blickte ratlos in die Runde.
„Jaja. Du bist gemeint, Alterchen! Sag ‚Ohm‘ und laß uns dein ‚Selbst‘ vernehmen!“
Ich wollte protestieren: „Ich bin eigentlich gekommen, um hier meine Identi...“
„Quatsch nicht soviel! Mach ‚Ohm‘! Und alle andern machen's unserm Urgreis nach!“
Jetzt wär' ich beinah empört aufgesprungen, wenn mich meine Arthritis nicht daran gehindert hätte. Ich machte also gehorsam „Ohm“, und die anderen summten es in der Runde, immer gedehnter, an- und abschwellend, und mir wurde dabei so schläfrig zumute. Aber es war doch recht angenehm, denn links und rechts auf meinem Schoß hatten es sich die mollige Blonde und die strähnige Schwarzhaarige bequem gemacht und ließen mich ab und zu einen Zug aus ihrem Glimmstengel tun. Und anstatt meiner Identität fand ich plötzlich, daß sich meine Oberschenkel wie Fadennudeln auszogen, und auf jeder Seite hockte jetzt ein halbes Dutzend Blondinen und Schwarzhaariger, warfen verführerisch die Beine in die Luft und kuschelten sich an mich. Und die Blondinen gurrten verheißungsvoll „Ich heiße

Ida!“ und die Schwarzhaarigen „Und ich Dentität!“ Es kann aber auch „Dorothee“ geheißen haben, ich weiß es nicht mehr so genau. Denn es verschwamm nicht nur alles vor meinen Augen, sondern auch in meinen Ohren. Aber ich fühlte mich ganz kannibalisch wohl und hätte mir niemals träumen lassen, daß Identitätssuche so etwas unanständig Angenehmes sein kann. Doch wie ja jede Suche mit einem Fund zu enden hat, so war auch der meinen nur kurze Dauer beschieden! Denn mitten in dem schwülen Nebel tauchte unvermutet ein Gesicht auf, an das ich mich spontan erinnerte!

„Olga!“ rief ich entsetzt! Aber da hatte Olga schon ausgeholt! Ich registrierte einen klatschenden Schlag, eine brennende Wange, und während die zwölf Damen auf meinen Knien spitz aufschrien, Olgas wütende Stimme: „Da hast du deine Identität!“

Jawohl, da hatte ich sie nun!

Dank Olga hatte ich sie mit einem Schlag gefunden. Zugegeben, es ist eine etwas rüde und schmerzhafte Methode, aber sie ist doch allen denjenigen zu empfehlen, die ihre Identität noch immer nicht gefunden haben...

Der Mann, der Weihnachtsmann werden wollte

Er hatte viel erreicht. Das Glück hatte ihm, wie die Menschen oberflächlich zu urteilen pflegen, treu zur Seite gestanden. Er war gesund, erfolgreich in seinem Beruf, nicht reich, aber wohlhabend und lebte in Harmonie mit seiner Familie: eine nette Frau, zwei halberwachsene Kinder. Er hatte immer an das Gute geglaubt, hatte nur Positives von Menschen und Dingen gedacht, und das Gute war ihm bereitwillig zugeflossen.

„Denke Gutes", ermahnte er beständig Freunde, Verwandte und Kollegen, „und das Gute wird dir hinterherlaufen!"

Seine Umwelt lächelte mit Skepsis und Nachsicht. „Er ist halt ein Glückspilz!" hieß es von ihm. In der Woche vor Weihnachten sagte er zu seiner Frau: „Ich ergreife einen neuen Beruf: Ich werde Weihnachtsmann!"

Er verkündete es so ernsthaft, als wenn Weihnachtsmann tatsächlich eine Berufsbezeichnung wäre. Sie starrte ihn ungläubig an und fragte irritiert: „Was willst du werden?"

„Weihnachtsmann!" wiederholte er mit Nachdruck. „Mir – uns geht es ausgezeichnet. Wir hatten nie zu klagen, trotz dieses wildgewordenen Jahrhunderts. Wir haben nur Freundliches erfahren. Ich will dieses weitergeben, ich will andere Menschen daran teilhaben lassen. Ich werde Weihnachtsmann!"

„Du bist übergeschnappt!" sagte seine Frau. „Auf deine alten Tage willst du dich noch lächerlich machen!"

So ist das im Leben. Ein kluger Franzose hat einmal gesagt: „Versuche, den Menschen etwas Gutes zu tun, und du kannst sicher sein, auf Unverständnis oder gar Feindschaft zu stoßen!"

„Ich werde trotzdem Weihnachtsmann!" beharrte er freundlich.

„Sie werden dich für verrückt erklären!"

„Möglich. Aber da das Gute letzten Endes immer über das Böse triumphiert, wird sich alles zum Segen auswirken!"

Unbeirrt setzte er eine bärtige Weihnachtsmann-Maske auf, zog sich eine Pudelmütze über die Ohren, schlüpfte in seinen Pelzmantel – vorher hatte er seine für die Gartenarbeit bestimmten Gummistiefel angezogen – holte einen alten Hanfsack aus dem Keller und öffnete die Wohnungstür: „Frohes Fest, meine Lieben!"

„Sie werden dich festnehmen! Sie werden dich einsperren!" rief ihm seine Frau nach. Man sieht, wie unsolide der Glaube an die frohe Weihnachtsbotschaft selbst in den Herzen der sogenannten guten Menschen verankert ist!

Der Mann, der Weihnachtsmann werden wollte, stapfte durch die festlich erleuchteten Straßen; sogar Schneeflocken rieselten stimmungsvoll. Die

Leute hasteten mit Paketen beladen an ihm vorbei, hatten kaum ein Auge für ihn, nur einige Kinder gafften ihm hinterher, von ihren eiligen Müttern mitgerissen.

Er betrat das Warenhaus, um in der Süßwarenabteilung einzukaufen. Er hatte eine gut gefüllte Brieftasche eingesteckt; doch als er sie soeben hervorziehen wollte, schrillten mitten durch die feierlichen Weihnachtschoräle die Alarmglocken! Es kam niemand vom Himmel hoch, sondern von der Geschäftsstraße her stürzte ein Polizeiaufgebot durch die Glastüren, hielt sämtliche Ausgänge besetzt, und ein Mann mit Megaphon mahnte zu Ruhe und Ordnung mit der gleichzeitigen Aufforderung, die Personalausweise bereitzuhalten! Man hatte im Tresorraum des Warenhauses eine Höllenmaschine entschärft, zwei Verdächtige festgenommen, suchte nach weiteren zwielichtigen Existenzen, fand auch eine, nämlich einen Weihnachtsmann mit einem leeren Hanfsack und einer verdächtig gefüllten Brieftasche! Das nächste Revier war nicht weit. Der Mann, der gern Weihnachtsmann werden wollte, lief zu Fuß dorthin, in Handschellen und unter den Verwünschungen der aufgebrachten Menge.

„Ein Anarchist! Hängt ihn auf! Lyncht ihn!"

Natürlich glaubte man ihm kein Wort.

„In dem leeren Hanfsack hatten Sie doch die Höllenmaschine eingeschmuggelt, geben Sie es doch zu!"

„Sehr raffiniert, alle Achtung! Sich in der Maske des Weihnachtsmannes ins Warenhaus zu schleichen! Los, Mann, geben Sie endlich zu, daß Sie es gewesen sind!"

Gar nichts gab er zu. Er lächelte unbeirrt, er dachte wohl an die Warnungen seiner Frau, aber das warf keinen Schatten auf seine besonnene Gelassenheit.

„In Ihrer Brieftasche sind fast tausend Mark! Wo haben Sie die her?"

„Die habe ich verdient", lautete die verbindliche Auskunft des Mannes, der gern Weihnachtsmann werden wollte. Hohngelächter war die Antwort.

„Verdient! Verdient? Wir wissen, wie euresgleichen Geld verdient! Durch einen kleinen Banküberfall, nicht wahr? Einen Personalausweis haben Sie natürlich auch nicht!"

„Ist das nicht gerade das Kennzeichen des Weihnachtsmannes", lächelte der Mann, der Weihnachtsmann werden wollte, „daß er keinen Personalausweis nötig hat?"

„Werden Sie nicht unverschämt! Wie heißen Sie?"

„Weihnachtsmann!" antwortete der Mann, der Weihnachtsmann werden wollte. Er hütete sich wohl, seinen Namen mit Adresse anzugeben, um sich nicht der Schadenfreude seiner Familie auszuliefern. Vom festen Willen beseelt, Gutes zu tun, unbeirrbar im Glauben an das Gute trotz Verkennung seiner lauteren Absichten von behördlicher Seite, ließ er sich in bester Laune in die Zelle abführen.

„Frohe Weihnachten!" sagte er, denn dort saß schon einer.

„Von wegen frohe Weihnachten!" erwiderte der schlecht rasierte Mann auf der Pritsche. „Weihnachten im Knast sind keine frohe Weihnachten. Aber wie soll's auch anders sein? Ich habe immer Pech. Wie bist du denn hier gelandet?"

„Ein kleiner Irrtum“, schmunzelte der Mann, der Weihnachtsmann werden wollte. „Ich wollte im Warenhaus Süßigkeiten einkaufen – ich bin schließlich Weihnachtsmann – da hat man mich mit einem Anarchisten verwechselt –“

„Genau wie bei mir!“ nickte der schäbige, verbitterte Mann.

„Ein tragischer Irrtum! Da stolpert man auf dem gewachsten Boden vor der Registrierkasse, und schon behauptet das freche Weibsbild, man hätte ihr hundert Mark geklaut!“

„Und wie war es nun wirklich?“ Er setzte wieder seine Weihnachtsmann-Maske auf und blickte seinem Gegenüber mit väterlicher Strenge in die Augen.

„Es war kein Hunderter“, sagte der schäbige, schlecht rasierte Mann. „Es waren nur zwei Fünfziger. Naja, unsereinem bleibt so was schon mal gelegentlich an den Fingern kleben! Mein Gott“, – er hob verlegen und wie zur Entschuldigung die Schultern – „mein Gott, es ist Weihnachten. Zu Hause warten sieben hungrige Kinder und eine kranke Frau in einer ungeheizten Dachkammer –“ „Der Wind pfeift durch die zerbrochenen Fensterscheiben, und die Mäuse auf dem Tisch haben den letzten Rest der Wachskerze aufgefressen“, ergänzte sein Zuhörer gutmütig. „Eine liebe, alte Geschichte, mein Freund –“

„Na, nichts für ungut“, räumte der schäbige Mann verlegen ein.

„Wir sind nicht verheiratet, Maria und ich! Aber Maria und Josef heißen wir wirklich. Und ein Kind

ist unterwegs –“ Er lachte bitter: „Wir sind so ’ne richtige heilige Familie! Na, und Weihnachten steht vor der Tür, und da hab ich mir gedacht: Ein bißchen was extra für das Fest...“
„Und das haben Sie schon öfter gedacht, nicht wahr, mein Freund?“
Der schäbige Mann nickte reuevoll.
„Und morgen vor dem Schnellrichter wird es heißen: Über Weihnachten auf freien Fuß gegen tausend Mark Kaution. Ich kenne das Lied. Aber wo soll ein armer Teufel wie ich tausend Mark hernehmen?“
„Man muß fest daran glauben, dann bekommt man sie auch!“
„So? Von wem? Vom Weihnachtsmann, was?“ Er schlug wieder dieses häßliche, verbitterte Lachen an. „Vielleicht von so einem Weihnachtsmann wie du? – Ah“, fügte er nachdenklich hinzu, „es ist verdammt lange her, seit ich zuletzt an den Weihnachtsmann geglaubt habe.“
„Das ist es ja eben“, sagte der Mann mit der Weihnachtsmann-Maske. „Wir glauben zu wenig. Wir glauben alle zu wenig. Deswegen sieht diese Welt so aus.“ Er entnahm seiner Brieftasche einen Geldschein.
„Hier, nehmen Sie! Für Ihre Maria und das Kind! Diesmal ist es wirklich ein Hunderter! Und machen Sie sich keine Sorgen wegen der Kaution! Die Sache geht in Ordnung!“
Der schäbige Mann hielt fassungslos den Hundertmarkschein gegen das Licht.
„Menschenskind, ein echter Hunderter! Wie habe

ich das – ich meine: Wer bist du – Verzeihung, wer sind Sie –?“

„Ich bin der Weihnachtsmann“, sagte der Mann, der sich nun wirklich als solcher fühlte. „Ich könnte nun sagen: Sündige hinfort nicht mehr! Aber ich bin nur ein sehr bescheidener Vertreter desjenigen, dessen Geburt wir in wenigen Tagen feiern, und möchte mir nicht sein Amt anmaßen. Es wäre schon viel, mein Freund, wenn Sie in Zukunft glauben könnten, nicht unbedingt an den Weihnachtsmann. Wenn Sie an das Gute glauben könnten, einfach an das Gute, nicht in einer flüchtigen Laune, sondern ganz fest, unbeirrbar, das wäre schon viel.“

Der andere blickte fragend zu ihm auf und steckte den Geldschein ein: „Wer sind Sie? Mein Gott, wer sind Sie eigentlich –?“

„Ich sagte es bereits“, antwortete der Weihnachtsmann, dann klopfte er gegen die Zellentür und ließ sich mit seiner Familie verbinden. Eine Stunde später war er frei. Seine Frau holte ihn persönlich ab. Aber bevor er ging, rief er seinem Zellengenossen noch einmal „Frohe Weihnachten!“ zu. „Es wird diesmal wirklich ein frohes Fest!“

„Nun, wie fühlst du dich in deinem neuen Beruf?“ fragte sie ironisch. „Immerhin habe ich dich aus einer Arrestzelle herausgeholt!“

„Ich fühle mich ausgezeichnet“, sagte er strahlend. „Ich habe ein Licht angezündet, gewiß, nur ein ganz kleines Licht in einem verdüsterten Menschen. Aber doch ein Licht. Die meisten Menschen zünden nur die Kerzen am Weihnachtsbaum an.“

Sie hakte sich bei ihm ein, und sie schritten auf die

erleuchteten Schaufenster des Warenhauses zu. Die Choräle klangen feierlicher, und heller als noch vor Stunden strahlten die Auslagen.

„Siehst du“, sagte er leise. „So ist das mit dem Glauben an das Gute: Es ist ein Weihnachtsgefühl. In unseren Herzen sollte viel, viel öfter Weihnachten sein...“

Was man über Vasen wissen sollte

Die Vase ist ein uraltes Requisit des Show-Business. Der Wurf einer Vase an den Kopf eines ungetreuen Ehemannes leitete die Geburt der griechischen Komödie ein. Man kennt ja noch heute die Redensart: „Sie sagte es ihm auf den Kopf zu“, womit das lautstarke Zertrümmern einer Vase auf dem Schädel des Partners gemeint ist. In der Psychiatrie spricht man in solchen Fällen von „vasomotorischen Störungen“.

Vasen werden wie ihre proletarischen Verwandten, die Krüge und Blumentöpfe, hauptsächlich als Wurfgeschosse und Schlaginstrumente verwendet, ferner als Schlüsselbehälter für nächtliche Liebhaber und als Postkästen für Liebesbriefe, weniger zu Dekorationszwecken mit der jeweiligen Flora des Landes. „Alle meine Vasen“ hießen auf mittelhochdeutsch übrigens „Vasallen“.

Auf den griechischen Vasen waren freimütige Darstellungen von „Oben-ohne-“, aber auch „Unten-ohne-Szenen“ abgebildet, die auch die Kirche beim besten Willen nicht als Dokumente reiner Nächstenliebe auslegen kann. Deshalb konnten sich Film und Fernsehen, die ja bekanntlich der Zensur unterstehen, im klassischen Griechenland nicht durchsetzen.

Da das Video-System damals noch nicht erfunden war, erfreuten sich die erwähnten Vasendarstellungen bei jung und alt, auch als Anregungsmittel, größter Beliebtheit. Eine kleinere Vase, die von den berüchtigten Hetären meist als Aschenbecher benutzt wurde, hieß Vaseline. Zerriebene Vasenscherben, die in Pulverform unter Fettzusatz zu einer Salbe verarbeitet werden, tragen noch bis in die heutige Zeit diese Bezeichnung. Ein anderes Wort für Vase ist Amphore. Da sie zerbrechlich war, wurde sie mit zwei Henkeln ausgestattet, um sie transportieren zu können. Außer zum Milchholen wurde sie auch als Schirm- und Spazierstockständer benutzt. Bekannt ist der Vasenbesitzer Amphortas, der sich versehentlich auf eine Amphorenscherbe setzte und lebenslang in kassenärztlicher Behandlung blieb.
Gern wurden im klassischen Altertum zerbrochene Vasen zu Scherbengerichten verarbeitet. Viele Athener Familien scheinen sich davon ernährt zu haben. Die Ursache für die zerrütteten Eheverhältnisse von Sokrates und Xanthippe ist wohl in diesem griechischen Volksgericht zu suchen. Da es griechische Spezialitätenrestaurants nicht anbieten, scheint es auch extravagante Feinschmecker nicht zu interessieren. Zu denken gibt auch, daß Grabbeilagen in Scherbenform nach den Erkenntnissen der Wissenschaft noch nie von den Verblichenen verzehrt worden sind.

Das Dracula-Spiel

Wenn Sie Mensch-ärgere-dich-nicht, Rommé, Skat, Schach und sogar Gruppensex satt haben, sollten Sie sich nicht wieder wie gewohnt vor dem Fernseher langweilen und apathisch resignieren oder Ihre reichliche Freizeit mit Biertrinken und Kreuzworträtsel totschlagen: auch gegenseitiges Anschweigen – eine beliebte Freizeitgestaltung langgedienter Ehepaare – hilft hier nicht weiter!
Deshalb empfehlen wir das Dracula-Spiel!
Es eröffnet unbegrenzte Möglichkeiten, ist unterhaltsam, stellt Anforderungen an Geschicklichkeit, Phantasie, Abenteuerlust und Eigeninitiative und erfüllt obendrein noch ein soziales Anliegen, indem es die drohende Übervölkerung unseres Erdballes wirksam bekämpft. Die Anfangsgründe erarbeitet man sich in kleineren Zirkeln, die sich später zu nationalen bzw. internationalen Massenveranstaltungen im Stil der Olympischen Spiele und hoffentlich bald in noch größerem Rahmen ausweiten sollen.
Als Requisiten brauchen Sie zunächst einen gespitzten Holzpflock, einen kräftigen Hammer, um den ersteren zielgerecht anzusetzen, vier bis fünf Kilo Blumenerde (in jeder Samenhandlung erhältlich),

ein halbes Dutzend Ratten (im Notfall weiße Mäuse!), die Sie über kosmetische Institute mit guten Beziehungen leicht erhalten können, einen Sarg mit Deckel (gebrauchte Särge sind vorzuziehen, da sie preiswerter sind und den Gruseleffekt erhöhen) und ein Zimmer mit geschlossenen Fensterläden, besser noch einen Keller mit schwachem Oberlicht und feuchten Wänden. Dies ist schon alles!

Schon kann das Spiel beginnen!

Die Spielregeln sind einfach und einleuchtend und können auch von Leuten ohne akademische Bildung begriffen werden.

Frischauf denn: Sie laden Ihre Freunde, Bekannten oder Verwandten ein, am besten alle zusammen. Denn je mehr Spieler versammelt sind, desto interessanter gestaltet sich das Spiel!

Es beginnt bei Einbruch der Dunkelheit und muß strikt bei Anbruch der Helligkeit am nächsten Morgen ausgesetzt werden. Für die Spieler bzw. Spielerinnen ist Abendkleidung erwünscht, jedoch nicht Bedingung. Sind genügend Spieler im Raum versammelt, der durch Kerzen erhellt sein muß, ahmen Sie den Ruf eines hungrigen Wolfes nach (siehe Lehrgang „Wie werde ich Tierstimmenimitator") und legen sich, möglichst in Frack und Jabot, ausgestreckt in den Sarg, nachdem Sie den Boden desselben zuvor mit Blumenerde bedeckt haben. Letztere muß feucht sein und nach Verwesung riechen! Gleichzeitig geben Sie durch Handzeichen dem zweiten Mitspieler das Signal, die Ratten bzw. Mäuse, die in einem Karton auf einem der Tische

gefangen gehalten werden, freizulassen! Darauf werden die weiblichen Mitspieler in der Mehrzahl auf die Tische springen. Das länger anhaltende Gekreisch ist eine vortreffliche Geräuschkulisse, um Ihre eigenen Schmerzensschreie zu übertönen, denn der zweite Mitspieler – die Reihenfolge darf ausgelost werden – tritt nunmehr an den Sarg und treibt Ihnen den Holzpflock durchs Herz! Hat er dies gut und geschickt bewältigt, erwirbt er das Anrecht, sich als nächster in den Sarg zu legen, nachdem man Ihre Leiche in einer stillen Ecke deponiert hat, um dieselbe entweder am nächsten Morgen für die Bestattung oder sonstige Verwendung freizugeben.
Der dritte Spieler – es darf selbstverständlich auch eine Spielerin sein – treibt nunmehr dem zweiten Spieler den Holzpflock durchs Herz! Zuvor müssen natürlich von den übrigen Spielern erst wieder die Ratten bzw. Mäuse eingefangen werden, um erneut auf Zeichen des im Sarg ausgestreckten zweiten Spielers befreit zu werden. Das bringt viel Abwechslung und lautstarke Unterhaltung mit sich. Die jeweilige Geräuschkulisse der kreischenden Damen wird zum Eintreiben des Holzpflocks genutzt.
Hat der dritte Spieler denselben richtig ins Ziel getrieben, darf er sich seinerseits in den Sarg begeben, und der vierte Spieler ergreift Hammer und Pflock. So setzt sich in laufender Reihenfolge das Spiel bis zum Spielende fort!
Der oder die bei Anbruch der Tageshelle übriggebliebenen Spieler sorgen für den Abtransport der Leichen und schreiben die Einladungskarten für die

weiteren künftigen Mitspieler und Interessenten des Dracula-Spiels.
Auf diese unterhaltsame Weise wird im Laufe der Zeit die Bevölkerungsdichte spürbar entlastet bei gleichzeitiger Umsatzsteigerung der Bestattungsunternehmen und der von diesen abhängigen Industrien!
Ein unterhaltsames Spiel, das nicht nur Freude bereitet, sondern auch noch die Volkswirtschaft ankurbelt.
Und nun – viel Spaß!

Die Feuerzangenbowle

Nichts verschafft soviel Behaglichkeit, als sich in Wintertagen am knisternden Kamin zu versammeln zwecks Zubereitung einer Feuerzangenbowle. Die blaue Stunde der Dämmerung, wenn Schatten die Schneelaken vor den Fenstern eintrüben, verströmt dann mit dem dampfenden, duftenden Getränk einen ganz besonderen Zauber, dem sich selbst prosaische Gemüter nicht entziehen können.
Gäste und Freunde, die mit mir die Feuerzangenbowle zelebriert haben, bitten mich oft um eine Gebrauchsanweisung, weshalb ich gern dem allgemeinen Wunsch nachkomme, mein Rezept zu Papier zu bringen.
Gewöhnlich braue ich meine Feuerzangenbowle an sehr frostigen Tagen, wenn selbst das Kaminfeuer gegen die niedrige Zimmertemperatur nicht mehr recht ankommt und man unten auf dem See das Eis knacken hört. Für diesen Fall habe ich auf dem Kaminsims immer eine Buddel Jamaica-Rum (80 Prozent) bereitstehen, den ich für kalte Tage wärmstens empfehlen kann!
Ich nehme also – wie jetzt gerade – zwei kräftige Schluck gleich aus der Buddel, der Einfachheit halber, da die Benutzung eines Trinkglases die Vorbe-

reitungen nur unnötig verzögern würde. Dann fülle ich den Inhalt einer Rotweinflasche bis zur Hälfte in einen Kupferkessel, den ich auf einem Réchaud abstelle, dessen Spiritusflamme den Inhalt des Kupferkessels erhitzen soll. Alsdann suche ich die Streichhölzer, was längere Zeit beansprucht, da ich sie gewöhnlich irgendwo liegen gelassen habe, ohne mich des Ortes zu erinnern. Wenn ich die Streichhölzer gefunden habe, lege ich im Kamin einige Scheite nach, weil das Feuer auszugehen droht. Alle diese Verrichtungen verursachen natürlich eine trockene Kehle, weshalb ich – wie jetzt gerade – drei, vier kräftige Schluck aus der Rumbuddel nehme! Das tut gut! Jetzt entzünde ich die Spiritusflamme, was gar nicht so einfach ist, weil meine Hände, wahrscheinlich von der Kälte, eine gewisse Ungeschicklichkeit verraten. Ich verbrauche die halbe Schachtel, bis die verflixte Flamme endlich brennt, und stelle dann den Kessel wieder auf das Réchaud. Dem Rotwein gebe ich eine Stange Zimt und zwei Gewürznelken bei. Unterdessen ist das Feuer im Kamin wieder ziemlich runtergebrannt, so daß ich erneut Scheite nachlegen muß. Die verräucherte Luft verursacht bei mir einen Hustenreiz, den ich aber leicht – wie jetzt gerade – mit fünf, sechs kräftigen Schluck aus der Rumbuddel niederkämpfe.

Ich stelle dabei fest, daß der Inhalt der Buddel schon erheblich abgenommen hat, so daß er für die Feuerzangenbowle womöglich nicht mehr ausreicht. Ich entkorke daher noch eine zweite Rumbuddel als Reserve. Der Korken will nur sehr schwer aus dem

Flaschenhals, es kostet mich erhebliche Anstrengungen, wobei ich ins Schwitzen gerate. Außerdem will ich den Zuckerhut holen, den ich auf der Feuerzangenbowle ablegen muß, um ihn mit Rum zu übergießen. Ein natürliches Durstgefühl sagt mir, daß ich mir aber vorher noch – wie jetzt gerade – sieben, acht Schluck aus der Rumbuddel genehmigen sollte! Auf dem Weg zur Garderobe stoße ich mit dem Schädel schmerzhaft gegen den Türpfosten. Von der Hutablage nehme ich meinen Hut, den ich nun auf der quer auf dem Kessel liegenden Feuerzange absetze. Da inzwischen der Rotwein kocht, hole ich aus der Küche Orangensaft, den man gern noch als Geschmacksverbesserung hinzugibt. Diesmal gehe ich aber lieber auf allen Vieren, um nicht wieder mit dem Schädel anzustoßen! Leider kann ich in dieser Stellung die Orangensaftflasche auf dem Küchenbuffet nicht erreichen und krieche folglich unverrichteter Dinge wieder vor den Kamin zurück. Dabei stoße ich versehentlich die halbgeleerte Rumbuddel um, die auf dem Parkett ausläuft. Glücklicherweise habe ich die zweite Buddel auf dem Fußboden abgestellt, aus der ich, um mich von dem Schreck zu erholen – wie jetzt gerade – neun, zehn kräftige Schluck nehme. Leider muß ich nun feststellen, daß der Kessel auf dem Réchaud langsam zu schaukeln anfängt. Bei näherem Hinsehen schaukelt aber auch das Réchaud mit dem darunter befindlichen Tisch. Ich müßte nun eigentlich den Hut auf dem Kessel mit Rum benetzen, halte dies aber wegen der rollenden Bewegung, die das ganze Zimmer erfaßt, nicht für durchführbar. Ich setze daher lieber die Masche an den Flund und nehme zur Stärkung noch elf, zwölf Sch… Schlu – ich kann das W… Wort nicht mehr auslöschen. Das Drimmer zeht sich und ich – hick – malte hick an der Fuddel best! Dabei schall ich in Flaf und habe die tönsten Schräume zis bim mächsten Norgen. Nute Gacht…

Der preiswerte Tannenbaum

Zum diesjährigen Weihnachtsfest hatte mir Olga kategorisch erklärt, daß wir sparen müßten.

„Die Zeiten sind schlecht, die Preise steigen, deine Tantiemen pendeln mal wieder um den Nullpunkt! Entscheide dich: entweder eine Weihnachtsgans oder ein Tannenbaum! Beides ist diesmal nicht drin!“

Zuerst hatte ich wie gewohnt „Jawohl, Olga“ gesagt, denn wir sind schließlich über 25 Jahre verheiratet. Aber dann hatte ich doch wie ein ungezogenes Kind zu maulen begonnen:

„Weihnachten ohne Tannenbaum ist kein Weihnachten, Olga!“

„Dann vergiß die Weihnachtsgans!“

„Weihnachten ohne Weihnachtsgans ist auch kein Weihnachten, Olga!“

„Dann kauf eine Weihnachtsgans und organisiere einen Tannenbaum!“ entschied Olga, denn mit ihrem praktischen Frauenverstand hatte sie erkannt, daß es weit schwieriger ist, eine Weihnachtsgans als einen Tannenbaum zu organisieren. Ich nehme an, meine Leser wissen, was „organisieren“ im übertragenen Sinne bedeutet. Zugegeben – die elegante Umschreibung einer strafbaren Handlung, aber Not

kennt bekanntlich kein Gebot, und das schönste Fest des Jahres stand vor der Tür.
„Wo, meinst du, sollte ich einen Weihnachtsbaum organisieren, Olga?“ fragte ich treuherzig in Erwartung weiterer Befehle.
„Geh in den Wald und laß dich nicht erwischen!“
Das war eine unmißverständliche Auskunft, und ich tröstete mich mit der Einsicht, daß der deutsche Wald ohnehin in Gefahr sei. Und außerdem wollte ich ja keine ausgewachsenen Bäume fällen, sondern nur einem frierenden Tannenbäumchen ein paar gemütliche Tage im temperierten Wohnzimmer verschaffen. Kann es denn Sünde sein, sich frierender Tannenbäumchen zu erbarmen?
Natürlich hatte ich keine Säge!
„Dann beschaff dir eine!“ hatte Olga gerufen. Und ich hatte wieder „Jawohl, Olga“ gesagt. Ich konnte mir eine solche für 9,50 DM beschaffen. Einen Fuchsschwanz.
„Eigentlich kostet er 15 Mark“, sagte der Verkäufer. „Aber da fehlen ein paar Zähne, und so lasse ich ihn Ihnen billiger.“
Ich wartete die Dämmerung ab und schlich mich mit meinem Wagen bei abgeblendeten Lichtern in den nahen Forst. Im Zwielicht mußte ich wohl einen Baumstumpf übersehen haben; jedenfalls schlug der Karosserieboden dagegen, und die Hinterräder drehten sich plötzlich in der Luft! Ich saß fest. Weder vorwärts noch rückwärts ließ sich die Mühle dirigieren, und Gasgeben half schon gar nicht. Hupen hätte wohl auch nichts genützt.
Ich verschob die Bergungsaktion meines Autos auf

einen späteren Zeitpunkt und kniete mich vor einem Tannenbäumchen nieder, das mir fröstelnd seine nackten Nadeln entgegenstreckte, so daß ich sofort Mitleid empfand. Ich setzte die Säge an und ließ sie schnarchen. Als ich den Stamm zur Hälfte durchgetrennt hatte, neigte sich das Bäumchen leicht und klemmte meinen Fuchsschwanz ein. Rasch packte ich mit der Linken zu, um die Schnittstelle zu weiten, und dabei sägte ich mir in den Daumen! Und zwar erheblich! So erheblich nämlich, daß mein Schmerzensschrei durch den abendlichen Forst schallte und ein Reh aus dem Gebüsch aufscheuchte! Ich blutete wie ein geschlachtetes Huhn, und leider – oder sollte ich doch lieber Gott sei Dank sagen? – hatte nicht nur das aufgeschreckte Wild meinen Schmerzensschrei vernommen.

„Was machen Sie denn da?“ fragte eine strenge männliche Stimme unvermittelt hinter mir. Es war der Revierförster mit seinem Hund, der sofort seine Beute verbellen wollte.

„Ich habe mir in den Daumen gesägt“, antwortete ich wahrheitsgemäß und starrte mit hängendem Kopf auf die Blutspur im Schnee, die meine tropfende Daumenwunde hinterlassen hatte.

„Kommen Sie mal mit“, sagte die strenge Stimme. Was sollte ich machen, da ich doch auf Erste Hilfe angewiesen war?

Das Forsthaus war nur 200 Meter entfernt, und die Förstersfrau, die mir die Wunde verband, war eigentlich ganz nett. Als ich ihr von Olga und ihrer Empfehlung erzählte, streifte sie mich sogar mit einem mitleidsvollen Blick.

„Das macht 150 Mark!" sagte die strenge Stimme anschließend.
„Was denn? Das Verbinden meiner Wunde macht...?"
„Nein, die Anzeige. Sie haben sich strafbar gemacht. Seien Sie froh, daß Weihnachten ist. Eigentlich hätte ich Ihnen sogar das Doppelte aufbrummen müssen!"
Ich bedankte mich höflich bei den freundlichen Leuten, zumal mir die Förstersfrau noch eine Tasse Kaffee angeboten hatte. Dann bin ich zu Fuß nach Hause gewandert und habe für 7,50 DM noch einen der letzten Besenstiele gekauft, die an diesem Weihnachtsabend noch zu haben waren.
„Na also", sagte Olga versöhnlich, als ich ihr den Strutzen präsentierte. „Mit ein bißchen Geschick und Umsicht löst man jedes Problem. Schön ist er nicht, dein Tannenbaum, aber immerhin besser als nichts!"
Das Abschleppen des Wagens kostete dann nochmals 100 Mark. Und alles in allem hatte ich für unseren Tannenbaum folgende Rechnung zu berappen: Fuchsschwanz 9,50 DM, Anzeige wegen Waldfrevels 150,– DM, Ersatztannenbaum 7,50 DM, Abschleppen 100,– DM. Macht genau 267,– DM einschließlich Mehrwertsteuer.
Zugegeben, ein stolzer Preis, wofür ich dann heimlich mein Sparkassenbuch geplündert habe. Aber die Festesfreude war um so größer!
„Wunderbar!" sagte Olga am Heiligabend anerkennend. „Ich hätte nie vermutet, daß du so praktisch sein kannst! Nächste Weihnachten machen wir es wieder so..."

Von einem, der auszog, das Gruseln zu lernen

Es war einmal vor gar nicht so langer Zeit ein Chefredakteur, der hatte sich furchtbar geärgert, was an sich nichts Besonderes ist, weil es zu seinem Beruf gehört. Diesmal aber war es doch etwas Besonderes, denn Weihnachten stand vor der Tür oder vielmehr: Weihnachten rannte durch die Straßen mit Paketen behangen zwischen Hasten und Hetzen, wie so das friedliche Fest hierzulande seinen besinnlichen Lauf zu nehmen pflegt. Die Lichtgirlanden strahlten mit den Neonlichtern um die Wette, und sogar aus den Supermärkten erschollen fromme Choräle. Der Chefredakteur aber war böse, denn er suchte für seine Samstagsausgbe noch eine Weihnachtsgeschichte. Seine Mitarbeiter jedoch hatten nichts weiter zusammengekratzt als den obligaten Zimmerbrand, durch einen Adventskranz verursacht, und die jährliche Umsatzsteigerung des Weihnachtsgeschäftes um soundsoviel Prozent. Das aber waren durchaus keine Neuigkeiten für die christlichen Leser des christlichen Abendlandes. Und deshalb fing der Chefredakteur an zu brüllen wie alle Menschen, die nicht mehr weiter wissen, und wie es bekanntlich ja schon die Säuglinge in der Wiege tun. Und weil er gar so schrecklich brüllte in seiner Wut, da wurden die Redakteure und Reporter und sogar die reizenden, duftigen Sekretärinnen von einem Zittern befallen, und der gläserne Zeitungspalast erbebte davon in seinen Fugen und bald das ganze Viertel mit Häusern und Straßen, und auf einmal gingen überall die Lichter aus von der starken Erschütterung vermutlich, denn unsere moderne Technik ist längst nicht so vollkommen, wie man es uns immer weismachen will! Und in den Straßen blieben die Trambahnen liegen und ebenso die U-Bahnen in ihren Schächten, und der Autostrom erstarrte wie abkühlende Lava, denn alle Verkehrsampeln waren ausgefallen, und alle Neonlichter und Lichtgirlanden erloschen; ungewohnt feierliche Stille hatte sich ausgebreitet in den Räumen der Redaktion. Und eine der duftigen und mitunter sentimentalen Sekretärinnen hatte ein paar Kerzen angezündet, weil die Notbeleuchtung auch nicht funktionierte, so daß eine richtig verzauberte Stimmung der Erwartung herrschte, wie sie uns noch zuweilen in verträumten alten Kirchen anweht, wo man unversehens in sich hineinlauschen möchte. Und richtig – da klapperten mit einem Male Pferdehufe über die Auffahrt des gläsernen Zeitungspalastes, wo sonst nur die schweren Limousinen der Bosse oder die niedrigen Roadster der Reporter ihr Stelldichein haben, und eine schaukelnde Kutsche hielt da, von zwei prächtigen Schimmeln gezogen, und aus dem Wagenschlag lösten sich zwei würdige, eisgraue Herren in Radmantel und Zylinder und verschwanden gemessenen Schrittes im Eingangsportal. Und die duftigen Sekretärinnen, die abgebrühten Reporter und der gallige Chefredakteur, die saßen und standen, so wie sie die Stille gerade überrascht und so unbeweglich, als hätte ein Zauberspruch sie in hundertjährigen Schlaf verbannt. Und auf einmal schwangen die gläsernen Türen auf, und die beiden alten Herren im Radmantel verneigten sich mit gütigem Lächeln vor dem Chefredakteur und schwenkten ihre blanken Zylinderhüte, und der eine von ihnen überreichte eine mit goldenen Schnörkeln verzierte Visitenkarte, auf der wahrhaftig zu lesen stand: „Gebrüder Grimm, unsterbliche Märchenerzähler, Große Wolkenallee, Himmel“. Und ganz ehrfürchtig wurde da der gefürchtete Chefredakteur, denn er hatte wohl davon gehört, daß die Unsterblichen zuweilen auf die Erde herniedersteigen, um diesem und jenem Menschen aus seiner Bedrängnis zu helfen. Und obwohl er im Grunde ein wenig enttäuscht war, da er als Zeitungsmann ja selber Märchen am laufenden Band fabrizierte, so öffnete er dennoch devot die Teakholztür zu seinem Büro und bot seinen Besuchern die bequemsten Sessel an. Und wie die beiden alten Herren nun saßen, da wollte jeder von ihnen als erster das Wort ergreifen, eigensinnig, wie liebenswürdige alte Herren nun einmal sind, und schließlich stritten sie eine Weile „Aber nicht doch, Wilhelm!“ – „Ich muß doch sehr bitten, Jakob!“ und konnten sich lange nicht einigen, wer nun beginnen sollte. Und nur soviel hatte der ehrfürchtige Chefredakteur verstanden, daß sie ihm, was auf der Hand lag, ein Märchen erzählen wollten, und das hieß

„Von einem, der auszog, das Gruseln zu lernen". Und der Chefredakteur, der ja auch einmal ein Kind gewesen, obwohl er es längst vergessen hatte vor Ärger und Mühe, glaubte sich dunkel zu erinnern, die Geschichte schon einmal gehört zu haben und wollte schon „Stop it!" rufen, wie es seine Gewohnheit war, aber die eigensinnigen alten Herren waren bereits so munter im Fluß, und eine der duftigen, sentimentalen Sekretärinnen hatte auch auf dem Schreibtisch des Herrn Chefredakteurs ein paar Kerzen angezündet und schon die langen Beine übereinandergeschlagen und den Stenoblock gezückt. Und weil die gütigen alten Herren so treuherzig versicherten, daß sie das närrische Treiben der Welt so lange von oben betrachtet hätten, bis es sie gedrängt, den Menschen hienieden unter den veränderten Umständen der modernen Zeiten ein altes Märchen neu zu erzählen, so machte der ehrfürchtige, aber strenge Chefredakteur gute Miene, und die wohlmanikürten Finger der Sekretärin flogen anmutig über das Papier, und die alten Herren spannen ihr Garn, einen Satz Wilhelm, einen Satz Jakob, immer schön gerecht und bedächtig nach der Reihe. Und so ungefähr mag sich das angehört haben:

Vor vielen, vielen Jahren, als die Menschen noch nicht so weit fortgeschritten waren wie heutigentags und es auf Erden noch trüb und finster war, lebte einmal ein Mann, der hatte zwei Söhne. Der ältere war pfiffig und gewitzt und verdingte sich unter den Kanzleidienern des Staates, denn eine durchgesessene Hose ist immer noch besser als wundgelaufene Füße, der jüngere aber war zu nichts nutze, und wenn man ihn fragte, ob er nicht etwas Rechtes lernen wolle, so sagte er nur: „Ich möchte das Gruseln lernen!“

Da schickte ihn der Vater zu den Soldaten, weil er meinte, daß er im Felde vor dem Feind, wenn das Kriegshorn erschallt und die Bomben fallen, schon das Gruseln lernen würde. Der Junge aber war tapfer, und als der Krieg zu Ende war, kehrte Hans wieder in seines Vaters Stadt zurück. Und hatte noch immer nicht das Gruseln gelernt. Seine Eltern waren gestorben, und das Haus, in dem sie gewohnt, stand nicht mehr. Und die ganze Welt hatte sich verändert, denn der lange Krieg hatte die Menschen böse gemacht. Am bösesten aber jene, die von den Schrecken des Krieges verschont blieben. Zu denen gehörte auch Hansens Bruder, der ein mächtiger Secretarius geworden und wie alle Menschen, denen Gott ein Amt gegeben, aber keinen Verstand dazu, hochmütig und dumm war. Nun stand Hans mutterseelenallein auf der weiten Welt, und weil der König seinen Soldaten keinen Sold mehr zahlen konnte, mußte Hans bald als Bettler an die Türen klopfen. So kam er eines Tages an das Häuschen eines Kesselflickers am Rande der Stadt. Der hatte ein hübsches Töchterlein, das hieß Gretel. Die hatte Mitleid mit dem armen Soldaten und überredete ihren Vater, daß er Hans als Gehilfen bei sich behielte. Die merkwürdigen Gebote des Königreiches wollten es aber, daß ein jeglicher, der sich um Lohn verdingte, bei dem mächtigen Secretarius der Stadt um Erlaubnis nachsuchen mußte. „Wenn es weiter nichts ist“, dachte Hans, „ist der mächtige

Secretarius nicht mein Bruder? Die Erlaubnis wird er mir wohl geben!" – Und frohgemut machte er sich auf den Weg zum Rathaus.
Als er vor dem gewaltigen Katheder stand mit dem riesigen Tintenfaß, hinter dem der allmächtige Secretarius wie eine Unheil brütende Heuschrecke hockte, sprach er: „Ich bin Hans, dein Bruder, und ich möchte bei einem Kesselflicker Arbeit nehmen!"
Der Secretarius aber rief mit seiner krächzenden Stimme, wobei er mit dem Gänsekiel über das Pergament kratzte: „Das kann ein jeder sagen, daß er mein Bruder ist! Hast du ein Dokument, womit du das beweisen kannst?"
„Ich war sieben Jahre Soldat", sprach Hans, „und besitze nichts als meinen Rock, den ich auf dem Leibe trage!"
„Dann bist du selber schuld!" krächzte der Secretarius, „verschaffe dir erst ein Dokument, aus dem ich ersehe, daß du wirklich mein Bruder bist! Ich kenne dich nicht!" Und so mußte Hans unverrichteter Dinge wieder seines Weges ziehn.
„Mein Sohn", sprach der Kesselflicker am Abend, als er mit Hans und Gretel um die dampfende Suppe saß, „wir leben in einer schlimmen Zeit. Unser König ist alt und krank. Nicht er ist es mehr, der über das Land regiert! Die Secretarii sind es mit ihren verwünschten ‚Paragraphi'. Seit langem schon erkennen sie nur den als Menschen an, der darüber ein gestempeltes Dokument vorweisen kann, und sie haben einen Heiligen, den nennen sie ‚St. Bürokratius', der ihnen immer zur Seite steht, so sie ihm nur genügend Gänsekiele, Tinte und Formulare als Opfergabe darbringen."

Nun war guter Rat teuer. Wie aber die Listen der Töchter Evas seit jeher einen Ausweg gefunden, so erklärte das Mägdelein nicht ohne Erröten, daß gemäß den Paragraphi Hans wohl die Erlaubnis erwirken könnte, sich in der Stadt niederzulassen und einer ordentlichen Arbeit nachzugehen, wenn er sie zur Frau nehmen möchte. Und weil der arme Hans das Mägdelein liebgewonnen hatte und der Alte seinen Segen dazu gab, so machten sich Hans und Gretel am nächsten Morgen auf den Weg zum Rathaus.

Aber der allmächtige Secretarius spie Galle und Gift und war mit immer neuen Paragraphi zur Hand, so daß es den beiden Bittstellern ganz dumm im Kopfe ward. Und seine gräßliche Stimme krächzte noch ärger als seine Feder auf dem Pergament. Und Gretel meinte, er wolle den armen Hans mit seinem Gänsekiel aufspießen. Da aber war es mit Hansens Geduld zu Ende! Er packte den Secretarius am Kragen und stieß ihn in das riesige Tintenfaß und tauchte ihn so lange in die giftblaue Tunke, bis er prustend und gurgelnd seinen Geist aufgab. Da es just in diesem Augenblick die fünfte Nachmittagsstunde schlug und die Kollegen des Secretarius mit gewohnter Pünktlichkeit ihre Kanzleistuben verließen, wurde der tote Secretarius erst am folgenden Morgen entdeckt. Den Kanzlisten jedoch deuchte es in ihrer hochmütigen Einfalt ein Unglücksfall, denn sie meinten, daß der Secretarius vom vielen Nachdenken einen Schwindelanfall erlitten und dabei in das Tintenfaß gefallen sei!

Als nun das, was an dem Secretarius sterblich gewesen, in das kühle Grab gesenkt ward und Freunde und Amtsbrüder als letzten Gruß eine ergreifende Hymne anstimmten zu Ehren dessen, der da im aufopfernden Dienst für das Wohl der Gemeinde so früh verblichen, wanderte des Secretarius' unsterbliche Seele über hochgetürmte Aktengebirge gen Himmel.
Dort wartete auf ihn schon St. Bürokratius, der durch ein gewaltiges Fernrohr die Vorgänge auf der Erde beobachtet und an dem tüchtigen, eifrigen Secretarius Gefallen gefunden hatte. Und da er ein uralter Herr war, dem der Kalk schon aus den Pantoffeln stäubte und der manchmal die Paragraphi schon arg durcheinanderbrachte, so mochte ihm ein tüchtiger Stellvertreter, der ihm mit Formularen und Akten zur Hand ging, recht willkommen sein.
Am Himmelstor droben reihte sich die Seele des Secretarius in die endlose flügelschlagende Schlange der Wartenden ein, die Einlaß begehrten und murrend den himmlischen Fragebogen ausfüllten. Viele vertraten sich dort schon seit Wochen und Monaten die Beine, weil sie vor ihrem irdischen Hinscheiden versäumt hatten, ihre Papiere und Unterlagen zurechtzulegen, denn im Himmel ist man ja mit der Überprüfung der Personalien besonders genau! Etliche ganz ungeduldige Seelen hatten es sogar vorgezogen, bis zur Bearbeitung ihrer Fälle ein warmes Plätzchen in der Hölle zu suchen, anstatt sich im kühlen Zugwind des auf- und zuklappenden Himmelstores den Schnupfen zu holen.
Der Secretarius aber fand sogleich Einlaß, denn

sorgfältig geordnet führte er seine Dokumente mit, und St. Petrus setzte ihn auf ein altmodisches Hochrad. Auf dem mußte der Secretarius den schier endlosen Korridor der himmlischen Amtsstuben hinunterfahren. Und auf der einen Seite des Korridors befand sich eine Galerie, an der Amtsschimmel neben Amtsschimmel angebunden war, soweit das Auge reichte! Ach, war das ein Wiehern und Hufescharren! Denn emsige Kanzlistenseelen fütterten die Tiere mit Antragsformularen und Aktendeckeln, und andere wieder kehrten die munter fallenden Pferdeäpfel zu einem gewaltigen Haufen zusammen, auf dem steckte ganz oben ein Schild, darauf war in leuchtenden Lettern das Wort „Mist" zu lesen. Und ein unsichtbarer Engelschor sang dazu das hohe Lied von des Papieres Geduldigkeit und der Amtsleute Schuldigkeit!
Nachdem nun unser Secretarius einen ganzen Tag und eine ganze Nacht den himmlischen Amtskorridor hinuntergefahren war, stand er endlich mit dem gebührlichen Kratzefuß vor St. Bürokratius. Der Heilige war über des Secretarius Ankunft so erfreut, daß er auf seine neueste Verordnung einen Tintenklecks machte und sich sogleich in das Studium der Personalpapiere des Secretarius vertiefte. Aber ach, welch schreckliches Mißgeschick stellte er da fest! Auf des Secretarius Totenschein fehlte der Stempel! Man bedenke, ein Secretarius, der in den Himmel will und auf dessen Totenschein der Stempel fehlt! St. Bürokratius kratzte sich bedenklich mit dem Gänsekiel hinter dem Ohr. Nein, das ging denn doch nicht! Im Himmel herrscht Ordnung, eine göttliche

Ordnung! So hart es ihn auch ankommen mochte, er mußte den Secretarius wieder hinunter auf die Erde schicken, um sich den fehlenden Stempel zu verschaffen.
Unten auf der Erde indessen waren die Tage und Nächte nicht so friedlich dahingegangen wie oben im Himmel!
Das murrende Volk hatte den armen König verjagt, weil es wähnte, daß alle Beschwerlichkeit, die durch die vermaledeiten Secretarii hereingebrochen, seine persönliche Schuld gewesen. Ein neuer Kanzler war eingesetzt worden, der hatte nichts Eiligeres zu tun gehabt, als alle Stempel und Siegel, die an des Königs Regierungszeit erinnerten, auf dem Scheiterhaufen verbrennen zu lassen. Als nun das Volk, unter dem sich auch Hans und Gretel befanden, um das lodernde Feuer einen ausgelassenen Freudentanz vollführte, rumorte des Secretarius' unsterbliche Seele in der düsteren, nur vom Flakkern des Scheiterhaufens gespenstisch erhellten Kanzleistube. Aber so sehr er auch in den Kästen, Regalen und Schubfächern herumstöberte, der fehlende Stempel war nicht mehr aufzutreiben!
Hans und Gretel aber machten sich am nächsten Morgen frohgemut auf den Weg zum Rathaus, denn sie hofften, daß der neue Secretarius vielleicht nicht gar so strenge sein möge wie der gewesene. Aber der neue Secretarius war an jenem Morgen krank. Er hatte einen Antrag auf Bewilligung eines neuen Gänsekiels, den er an sich selbst gerichtet hatte, abgelehnt, und als er den Irrtum bemerkte, vor Ärger einen Schlagfluß erlitten. Darum krächzte,

als Hans und Gretel an die Tür der Kanzleistube klopften, eine unwirsche Stimme, die ihnen seltsam bekannt vorkam: „Herein. Was gibt's?"
Wer nun beschreibt das Entsetzen der armen Kinder, als sie zitternd die Stube betraten und wieder vor dem verstorbenen Secretarius standen, der hinter dem gewaltigen Katheder mit dem riesigen Tintenfaß wie eine fürchterliche, Unheil brütende Heuschrecke hockte!
Einen Augenblick starrten sie wie gelähmt auf das unheimliche Gespenst, dann aber nahmen sie die Beine unter den Arm und liefen auf den Marktplatz. Da ging's wie ein Lauffeuer durch die Stadt: „Der tote Secretarius ist wieder da!"
Wie der herbeigerufene Priester jedoch dem bösen Geist mit geweihtem Wasser zu Leibe rücken wollte, da war die Erscheinung schon wieder verschwunden, und der neue Secretarius schlurfte soeben mißmutig in Schlafrock und Filzpantoffeln hinter sein Pult.
Dem armen Hans aber war der Schreck über das Gespenst solcherart in die Glieder gefahren, daß er nur immer murmelte: „Ach, wie's mir gruselt! Ach, wie's mir gruselt!" – Noch am selbigen Abend verließ er mit Gretel in einem Wägelchen, das von Grauhans, dem Schimmel, gezogen wurde, die verhexte Stadt, um draußen in der Welt sein Glück zu versuchen.
Doch wohin sie auch kamen, an jedem Stadttor, in jeder Kanzleistube begegnete ihnen der böse Geist des Secretarius, der seinen Stempel suchte! Und so ziehen sie seit jenem Tag ruhelos über die endlosen

Straßen dieser Erde. Und die Neunmalklugen wollen sogar wissen, daß sie die Stammeltern des Volkes der Zigeuner geworden sind.

Der böse Geist des Secretarius indessen wandert seit jener Zeit auf der Suche nach seinem Stempel durch die Amtsstuben dieser Welt und stiftet überall Unheil und Verwirrung, so daß die Menschen noch heutigentags, sobald sie der Weg auf eine Amtsstube führt, zu jammern pflegen: „Ach, wie's mir gruselt! Ach, wie's mir gruselt!" St. Bürokratius aber wartet seither noch immer auf seinen Stellvertreter.

Bis hierher reichte das Stenogramm, das die anmutige Sekretärin aufgenommen hatte, denn an dieser Stelle hatten die gütigen alten Herren geendet und erwartungsvoll ihre eisgrauen Köpfe erhoben, und der ehrfürchtige Chefredakteur hatte ihnen warm und herzlich die Hände gedrückt. Und obwohl es ja eigentlich keine richtige Weihnachtsgeschichte sei, so rege sie doch zur Nachdenklichkeit an, wofür man immer sehr dankbar sein müsse, und ein ordentlicher Vertrag wäre ja wohl selbstverständlich bei so prominenten Leuten, und gleich rechts sei die Buchhaltung, falls die Herren sich die Mühe machen wollten. Und die gütigen alten Herren, welche die Brüder Grimm waren, strahlten glücklich wie alte Herren zu strahlen pflegen, wenn sie von der heutigen Generation noch ernst genommen werden. Und tatsächlich, in der Buchhaltung gleich nebenan, da saß schon einer und wartete. Ihr könntet wohl raten, liebe Leser, wer da in der Buchhaltung gesessen ist! Aber ihr habt es natürlich schon im voraus gewußt, und so sage ich euch schnell, daß ihr recht habt: Der grausliche Secretarius ist da gesessen, hat gehüstelt, hat gekrächzt: „Ja, ja, die Gebrüder Grimm! Da könnten mir viele kommen und behaupten, daß sie die Gebrüder Grimm seien. Besitzen Sie ein Dokument, womit Sie sich ausweisen können?" Ein Dokument? Womöglich mit einem Stempel? Nein, das besaßen sie freilich nicht. Zu ihrer Zeit damals, als es auf Erden noch trüb und finster war, hatte es genügt, ein Mensch zu sein, um zu existieren. Und so sagte denn der eine Alte zu dem anderen Alten, indem sie sich müde zum Gehen wandten: „Du, Wilhelm, mich deucht, es war doch kein Märchen!" Und wie sie denn unten wieder in ihre Kutsche stiegen und die beiden Apfelschimmel anzogen, da gingen in dem Zeitungspalast und in dem ganzen Viertel die Lichter wieder an, und die Sekretärinnen auf schlanken Beinen bliesen die Kerzen wieder aus, und alles war wieder wie vorher. Nur der gefürchtete Chefredakteur blieb still und versunken in seinem Büro. Und dachte nach. Vielleicht zum erstenmal in seinem bewegten Leben. Über sich und über den Himmel. Und über uns Menschen, und warum wir uns manchmal das Leben so schwer machen – und sagte ganz leise, so leise, daß es niemand hörte: „Gesegnete Weihnachten –"

Hänsel und Gretel auf amtsdeutsch

Im Jugendanfall der hiesigen Gemeinde wurden zwei amtsbekannte minderjährige Streuner dem Jugendgericht zustellig gemacht, wo sie bereits aktenkundig vorlagen mit der Auflage, nach ordnungsgemäßer Einvernahme sowie richterlicher Belehrung den wahrheitsgemäßen Vorgang einer bereits vollzogenen Straftat mit tödlichem Ausgang zu Protokoll zu nehmen.
Laut durch amtliche Zeugeneinvernahme beglaubigter Aussage haben die minderjährigen H. und G., ersterer männlichen, letztere weiblichen Geschlechts, beide weder auf Gemeinde- noch Kreisebene gemeldet, ohne festen Wohnsitz, der Jugendfürsorge wegen mangelnder elterlicher Aufsicht anhängig, auf unterer sozialer Ebene als Kinder eines Gelegenheitsarbeiters und dessen Ehefrau, beide unbemittelt und Gewohnheitstrinker, aufgewachsen, in Vortäuschung mitleiderregender Bedürftigkeit die in ihrem Waldgrundstück wohnhafte Süßwarenhändlerin H. mit Tötungsabsicht aufgesucht und dieselbe zur Ausführung gebracht.
Die von diesem Besuch nicht vorher in Kenntnis gesetzte stark geh- und sehbehinderte Seniorin H., langzeitmäßig als nicht unvermögende Rentnerin

im gemeindlichen Forstbezirk alleinstehend ansässig, konnte in der Vorsprache der jugendlichen Unholde zunächst keine straffällige Absicht erkennen und stellte ihr Süßwarenangebot zwecks Nahrungsaufnahme zur freien Verfügung derselben.

Nach erfolgter Sättigung stieß die durch Einvernahme des reichhaltigen Konfitürensortiments der Süßwarenhändlerin H. hinreichend gestärkte G. erstere in den zu Heizungszwecken für die Herstellung von Teigwaren befeuerungsfertig gemachten Backofen und verschloß denselben mit der feuerpolizeilich genehmigten Sicherheitsverriegelung. Die Proteste der Süßwarenhändlerin wurden sowohl von dem mit Vorsatz tätigen H. wie auch von seiner Komplizin G. abschlägig beschieden, so daß die H. brandweise zu Schaden kam und ablebig wurde.

Die gerichtlich protokollierte Behauptung des H. und der G., derzufolge die noch lebige Süßwarenhändlerin den H. zu Mästungszwecken in einem zur Geflügelaufzucht amtlich zugelassenen Käfig hat sperren wollen, wurde gerichtlicherweise in den Bereich des Märchens verwiesen.

Eine jugendgefährdende Schrift unter dem Titel „Hänsel und Gretel“ soll den der heimtückischen Tötung überführten H. und G. als Vorlage zur Durchführung des Verbrechens gedient haben. Nach den Autoren dieses unter das Gesetz gegen Schmutz und Schund fallenden Machwerks wird z. Z. noch gefahndet. Zweckdienliche Meldungen nimmt jede Polizeidienststelle entgegen...

Seine Sekretärin

„Es ist empörend, einfach empörend!“ entrüstete sich Fräulein Quitte. „Als Betriebsleiter sollte er allen ein Vorbild sein, sauber, integer! Ein Mann, zu dem man aufschauen kann!“

Der ergraute Prokurist nickte gequält und zuckte hilflos mit den Schultern.

„Und dabei hat der Kerl mit seiner Sekretärin ein Verhältnis! Das sieht doch ein Blinder! Das müssen Sie doch auch sehen, Herr Butzemann! Die Blicke, die sich die beiden zuwerfen – das spricht doch Bände! Er fährt sie morgens ins Büro, und abends bringt er sie nach Hause! Und bestimmt nicht bloß bis vor die Haustür! Daß sich manche Leute überhaupt nicht genieren!“

Fräulein Quittes Stimme schlug beinah in ein hysterisches Kreischen um. Der ergraute Prokurist nickte gequält und zuckte wieder hilflos mit den Schultern.

„Drei Wochen ist der Mensch jetzt unser Chef, Herr Butzemann! Aber das ist kein Chef! Neulich hatten sie vergessen, die Tür zu seinem Büro zu schließen! Da hab’ ich es ganz deutlich gesehen, als ich die Akten von Schulze und Co. im Vorzimmer ablegte: Sie saß doch tatsächlich auf seinem Schoß, diese hemmungslose Person! Ich frage Sie, Herr Butzemann: Ist das ein Chef? Und ich sage Ihnen: Das ist kein Chef! Das ist eine haltlose Marionette in den Klauen dieses Frauenzimmers!“

Der ergraute Prokurist nickte gequält und wagte nicht mehr, mit den Schultern zu zucken.

„Dabei ist der Mensch verheiratet!“

Fräulein Quitte wurde so gelb, daß sie ihrem Namen alle Ehre machte.

„Die bedauernswerte Ehefrau hat natürlich von den Eskapaden ihres Mannes keine Ahnung! Es ist schamlos! Jawohl, schamlos, Herr Butzemann!“

Fräulein Quitte lief auf hohen Absätzen erregt durch das Zimmer; sie machte ganz den Eindruck, als hätte sie selber gern auf dem Schoß des Chefs gesessen.

„Sie sollten nur mal erleben, wie sich der Kerl verstellen kann, wenn er mit seiner Frau telefoniert! Und ich habe mir dieses unverschämte Lügengewebe auch noch anhören müssen! Wenn diese grundanständige ‚Dame‘, wenn dieses Flittchen ihren Haushaltstag hat, fällt mir ja die große Ehre zu, sie als Chefsekretärin zu vertreten! Da sollten Sie mal zuhören, was er am Telefon für eine Show abzieht! ‚Schätzchen‘ vorn und hinten und ‚tausend Küßchen, mein Schnurriputz!‘ Dieselbe Sprache, als wenn er mit seinem Verhältnis rumschmust! Das ist nicht nur geschmacklos, Herr Butzemann! Das ist ekelhaft! Jawohl, ekelhaft ist das!“

Der ergraute Prokurist nickte gequält und zuckte doch noch einmal mit den Schultern. Fräulein Quitte war jetzt nicht mehr quittengelb, sie war hochrot vor moralischer Entrüstung.

„Und stellen Sie sich vor, Herr Butzemann: Soeben hatten die beiden doch tatsächlich die Stirn, mich zum Abendessen einzuladen! ‚Eine kleine Familienfeier' nannte es das Weibsstück und zwinkerte mir vielsagend zu! Anscheinend sucht das saubere Pärchen noch eine Partnerin für ein klebriges Dreiecksverhältnis! Ich habe natürlich abgelehnt und bin empört aus dem Zimmer gegangen! Wie finden Sie das, Herr Butzemann?"
„Sehr töricht finde ich das", antwortete der ergraute Prokurist und lächelte wieder gequält. „Mich haben sie nämlich ebenfalls zum Abendessen eingeladen, Fräulein Quitte."
„Sie auch? Nein! Das ist ja ein Sumpf, Herr Butzemann! Sie haben natürlich ebenfalls abgelehnt?"
„Ich habe angenommen", lächelte milde der ergraute Prokurist. „Die beiden haben nämlich vor vier Wochen in aller Stille geheiratet. Und heute abend wollten sie Ihnen bekanntgeben, daß man Sie zur neuen Chefsekretärin ausersehen hat, Fräulein Quitte."
Fräulein Quitte ist seither quittengelb und sucht einen neuen Posten. Ist irgendwo etwas für sie frei...?

Ehre die Kunst

Der Mensch lebt bekanntlich nicht vom Brot allein. Zyniker werden jetzt ergänzen: „Es darf auch Bier und Branntwein sein."
Hier muß ich korrigierend den kulturellen Zeigefinger erheben und die Banausen zur Ordnung rufen: „Der Mensch lebt auch von der Kunst!" Nun gut, ich weiß, „auch" schreibt man klein. Doch ich erlebe es immer wieder und finde mein künstlerisches Schöpfertum wohltuend bestätigt, wenn ich meine Perlen vor die versammelten Gäste werfe. Zum Beispiel beim Nachmittagskaffee. Da erscheinen Tante Dora mit ihrem schläfrigen Gatten Erwin, Frau Müller, eine Nachbarin, Marianne, die nur ihre Küche im Kopf hat, das Ehepaar Oberhuber mit ihrem fünfjährigen Sohn und die geschiedene Pauline, die eine Intellektuellenbrille trägt und für Literatur schwärmt.
Natürlich lese ich dann keine lyrischen Gedichte vor, weil ich nicht vorsätzlich langweilen möchte. Aber irgendeine Schallplatte aus meiner Feder.
„Ja, bitte! Bitte! Die müssen Sie uns vorspielen!" tönt es schmeichelnd im Chor.
„Aber unbedingt! Ja bitte, Maestro!" Letztere Aufforderung kommt etwas nachklappernd von Pauline, die

– wie gesagt – für Literatur schwärmt. Ich lasse mich dann von ihren flehenden Brillenaugen hypnotisieren und lege beispielsweise den Song des Lancelot auf. „Kennedys Lieblingslied!“ sage ich erklärend dazu. Die Kaffeerunde sendet ihr beifälliges Echo:
„Kennedy! Denken Sie –“
„Schade, daß er so früh sterben mußte.“
„Wer? Lancelot?“
„Nein, Kennedy!“
„Ach Kinder, nun seid doch mal ruhig!“ ruft Pauline und streift mich mit einem warmen Blick, den ich freundlich erwidere. Für einen Moment herrscht ehrfürchtige, kulturelle Stille. Das Vorspiel beginnt. Die Geigen jauchzen in einen Blütenhonighimmel, die Flöten blasen silbrigen Tau, Pauline strahlt mich durch eine rosarote Brille an, denn Lancelot singt jetzt: „Wann sollt' ich von dir scheiden? Im Frühling wär' es nimmer –“
Bei der Zeile „Deiner Augen Schimmer“ raunt Tante Dora über den Tisch: „Ach, könnt' ich bitte mal den Zucker haben?“
Frau Müller reicht ihn ihr mit mißbilligender Grimasse:
„Seit wann nehmen Sie wieder Zucker? Leben Sie nicht mehr biologisch?“
„Psst!“ macht Pauline, und von diesem „Psst“ wacht Onkel Erwin mit einem Schnarcher auf.
„Ach, es gibt schon Kaffee?“ fragt er laut.
„Sei doch still, Erwin“, rügt Tante Dora. „Wir wollen die Platte hören.“
„Dein zärtliches Lächeln, deine Haut wie Samt –“ schmeichelt Lancelot.

„Papa, was singt denn der Onkel da?“ fragt das Kind. „Still jetzt! Ruhe!“

„Wann sollt' ich von dir scheiden?“ fragt Lancelot erneut. Das bringt Frau Oberhuber auf eine Idee.

„Stimmt das, der Udo Jürgens ist jetzt wirklich geschieden?“

„Ach, die Illustrierten schreiben viel!“ antwortet Marianne. „Aber der Kuchen ist wirklich gut. Das Rezept...“

„Ruhe bitte!“ ruft Pauline streng.

Marianne beugt sich mit ihrer vollen Auslage über den Kaffeetisch und flüstert vernehmlich: „Das Rezept muß ich mir unbedingt aufschreiben.“

„Mama!“ kräht jetzt das Kind. „Ich muß mal!“

Frau Oberhuber erhebt sich geräuschvoll, beinah kippt das Kaffeegeschirr um. Lancelot singt „Ich verging' vor Sehnen, wo immer ich sei –“

Marianne erklärt über den Tisch: „Übrigens, das Tartar von Wimmers bestand gestern nur aus Sehnen und Knorpeln!“

„Da kann man nicht mehr kaufen“, entscheidet Tante Dora.

„Ich mach mir eh' nichts aus Tartar“, sagt Onkel Erwin gähnend. Und dann ziemlich laut: „Wenn ich noch ein Stück Torte haben darf!“

„Seh' ich dich erblühen“, schmettert Lancelot, „im Sommerwind stehen –“

Pauline begegnet mir mit einem schmerzlich-sympathisierenden Brillenblick. Ich zucke schmerzlich mit den Schultern.

„Erwin, iß nicht soviel Kuchen, du wirst zu dick!“

„Ewig diese Vorschriften“, murrt der Onkel.

„Und sollt' ich scheiden, wenn die Flocken vom Himmel schnei'n?“ fragt Lancelot aus dem Lautsprecher.

„Ach übrigens – ich esse morgens nur noch Haferflocken“, sagt Marianne.

„Die sind ja auch so bekömmlich“, sagt Herr Oberhuber, der jetzt auch mal was sagen möchte. Ich drehe die Lautstärke ganz, ganz leise, um die angeregte Unterhaltung nicht zu stören.

„Wann sollt' ich von dir scheiden –?“ fragte Lancelot jetzt sehr weit weg, irgendwo in einer Burgruine am fernen Atlantik.

Die Tischrunde diskutiert über Dickmacher und gesunde Biokost. Nur Pauline hebt mißbilligend den Blick zur Zimmerdecke, um ihn dann tiefgründig in den meinen zu senken. Und wie zufällig streifen ihre manikürten Finger meine verschwitzte Hand auf der Sessellehne.

„Sie sollten die Platte mal bei mir zu Hause in Ruhe vorspielen“, flüstert sie verheißungsvoll.

„Nein, niemals könnt' ich scheiden von dir!“ beteuert Lancelot, aber wer hört ihn schon?

„Ich esse grundsätzlich nur Bioquark!“ verkündet Marianne. Und dann zu mir: „Hier, diesen Kuchen müssen Sie unbedingt probieren. Ganz was Tolles: ohne Zucker, ohne Fett und ohne Eier.“

„Wie schön“, nicke ich gequält, und heimlich hab ich Mitleid mit mir und Lancelot. Und ich glaube, ich nehme die Einladung von Pauline an ...

Rede eines Krisenbewältigers

Meine sehr verehrten Damen und Herren!
Es ist nunmehr von Politikern, Wirtschaftlern und Ideologen aller Schattierungen lange genug an der weltweiten Krise herumgedoktert worden, ohne daß sich eine akzeptable Lösung angeboten hätte!
Wir haben es satt, uns mit unverbindlichen Halbheiten abspeisen zu lassen, die letzten Endes das Leiden des Patienten – sprich Staat und Gesellschaft – und das sind wir doch alle!
Darum, meine Damen und Herren, fordern wir konkrete Maßnahmen, die von zielbewußten konsequenten Menschen und nicht von dieser Garnitur abgewirtschafteter Versager!
Und ohne Kompromisse!
Meine Damen und Herren, lassen Sie mich gleich zum Kern der Sache vorstoßen – hic Rhodus, hic salta sagt der Lateiner – und Ihnen den Katalog unserer Forderungen, die im einzelnen lauten:
Erstens: Der deutsche Gartenzwerg hatte einmal Weltgeltung! Veraltete Produktionsmethoden und mangelnde Investitionsbereitschaft hat ihn zu einem Gnomen schrumpfen lassen! Der deutsche Gartenzwerg muß auf dem Weltmarkt wieder ein Riese werden!

Zweitens: Wir dürfen nicht länger zulassen, wie die Arbeitnehmer einerseits und die Arbeitgeber andererseits! Hier muß das Steuer rigoros herumgerissen werden!
Drittens: Kein Volk kann auf die Dauer ohne Kultur leben! Der deutsche Kunst-Dünger-Ausstoß muß deshalb gesteigert werden!
Viertens: Die deutsche Kohle muß mit Hilfe von deutschem Atomstrom gefördert werden, um die deutsche Ölversorgung sicherzustellen!
Fünftens: Die deutsche Währung muß sich endlich an der italienischen Lira orientieren! Nur so können wir die Milliardenlöcher im Haushalt stopfen!
Sechstens: In dieser Stunde der Notdurft darf auch die EU ihren Beitrag zum allgemeinen Bedürfnis nicht zurückhalten!
Meine Damen und Herren!
Demoskopische Umfragen haben ergeben, daß nur noch auf der Grundlage dieses Sechs-Punkte-Programms, wenn überhaupt! Aber den Worten müssen nun endlich Taten folgen! Deshalb fordern wir die Bildung von Sonderausschüssen, um diese Punkte zu beraten! Nach erfolgter Beratung sollen die einzelnen Punkte an Untersuchungsausschüsse weitergeleitet werden, um nach Prüfung durch die Arbeitsausschüsse den Bürgerinitiativen zur Abstimmung vorgelegt zu werden!
Wie sollen wir denn sonst weiterkommen?
Meine Damen und Herren! Wir sind nicht länger gewillt, mit unserem Idealismus und unserer Einsatzbereitschaft, gerade weil gewisse Elemente zu glauben scheinen, daß sie das Faß auf die Spitze trei-

ben können! Auf diese Weise kann auch deutsche Tüchtigkeit das Abendland nicht retten!

Meine Damen und Herren!

Es ist spät und ich muß meinen Zug noch erwischen, doch es kann nicht den geringsten Zweifel geben, daß nur in diesen sechs Punkten eine vernünftige Lösung des Problems zu finden ist! Wenn wir alle in Nibelungentreue zusammenhalten mit unbeirrbarem Glauben, so werden alle diejenigen es erleben! Dies ist meine feste Überzeugung! Und nun frisch ans Werk! Ich danke Ihnen!

Die Geschichte von der Engelsharfe

In einer dieser heiligen Nächte ist dies geschehen, wenn die Tiere, wie es heißt, untereinander wie Menschen sprechen, nur nicht so laut, vielmehr ehrfurchtsvoll flüsternd über das bevorstehende Ereignis.
Mehr raunend unter dem Äther friedfertiger Gedanken, die plötzlich wie Wolkenfelder über die Erde dahinströmen, wispernd die Rehe auf dem verschneiten Waldboden, der Uhu im Selbstgespräch in seinem Borkenhaus, die Silberfische im vereisten Bach mit ihren Kußmäulern blubbernd, die Hühner schläfrig glucksend.
Nur der Hahn unterdrückt sein Krähen, um die Stille nicht zu zerreißen, die Katze schnurrt, der Hofhund wagt nur ein tonloses Blaff.
Das Schweigen senkt sich in den Raum wie ein Vorhang. Und hinter dem Schweigen leben die Menschen in ihren Städten. In einer dieser heiligen Nächte also drückte Gott der Herr sich die Linse des Mondes ins Auge wie ein Monokel, um die Dinge auf der Erde wieder einmal genauer zu betrachten. Aber was er da sah, das war nicht schön.
„Ach du liebe Zeit“, seufzte der Herr und dann noch einmal, „ach du liebe Zeit –“

Er hatte es nur ganz leise geseufzt zwischen den Harfenklängen der himmlischen Heerscharen, die sich weit in den himmlischen Sälen und Korridoren verloren. Aber Harfenklänge sind ja keine penetranten Geräusche. Man kann zu ihrer Begleitung nicht nur zu sich selber, sondern auch zu anderen sprechen, ohne die Stimme heben zu müssen.

Und so hatte auch Sankt Petrus das Seufzen des Herrn vernommen, blickte auf zu Gottes Thron und nickte beipflichtend:

„Ach du liebe Zeit –" und fügte nach einer Weile hinzu: „Ist das eine Welt –"

„Ist das eine Erde", verbesserte der Herr. „Die Welt ist doch wohl um einiges größer, lieber Petrus. Hätte ich nur die Erde erschaffen, müßte ich mich ihrer wahrhaftig schämen –"

„Nur ihrer Bewohner, Herr", erwiderte Petrus beschwichtigend, „nur ihrer Bewohner –"

„An die wir doch wohl beide gedacht haben", bemerkte Gottvater mit gewohnter Milde.

„Herr, sie haben aus der Erde ein Schlachtfeld gemacht!"

„Es sind Kinder", antwortete der Herr gütig.

„Aber Kinder bringen sich nicht gegenseitig um!"

„Es sind Sünder", verbesserte sich der Herr.

„Dabei besitzen sie Verstand, Herr –"

„Und Gefühl", nickte Gottvater. „Aber sie wissen beides nicht zu benutzen. Sie sind halt Spätentwickler –" Mit einer Geste der Entschuldigung hob der Herr seine segnenden Hände.

„Sie sind einfach dumm", ereiferte sich Petrus, „sie sind maßlos dumm –"

„Sie sind töricht, mein Freund“, antwortete die milde Stimme, „das ist nicht dasselbe. Toren kann man belehren und ändern, Dumme nicht!“

„Herr, die Menschen glauben, daß die Erde ein Spielplatz sei –“

„Sie sind Kinder“, wiederholte der Herr.

„Sie wollen immer mehr Bequemlichkeit und Freizeit, Herr, aber wehe, wenn sie losgelassen –“

„Sie sind Sünder.“

„Allmächtiger Herr“, Petrus’ Stirne legte sich in ernste Falten. „Der Geburtstag Ihres Sohnes steht vor der Tür. Wir sollten irgend etwas unternehmen. Die Menschen hören die Stimme Gottes nicht mehr!“

„Feiern sie nicht mehr Weihnachten, Petrus?“

„Doch, Herr, aber sie huldigen dabei dem Götzen der Materie!“

„Auch die Materie habe ich zu ihrem Wohle erschaffen –“

Petrus wollte etwas erwidern, besann sich jedoch, pustete eine Wolke zur Seite, die sich soeben vor die Mondlinse schieben wollte und sprach: „Überzeugt Euch selber, Herr!“

Da beugte sich Gott der Herr ganz weit vor, um sich persönlich zu überzeugen, so daß der Mond so nah und groß über der Erde leuchtete, als könne man ihn mit Händen greifen. Die Pflanzen und Tiere verneigten sich stumm bei seinem Anblick, nur die Menschen hetzten, ohne ihn zu beachten, durch die festlich illuminierten Straßen, denn sie hatten ja keine Ahnung, daß es Gottes Auge war, das sie da beobachtete!

„Ach du liebe Zeit“, seufzte der Herr erneut. „Das sieht mir aber gar nicht nach Weihnachten aus.“
„Aber Herr, sie sind ja mitten in der Vorbereitung!“
„Und warum rennen sie dann so atemlos mit griesgrämlichen Gesichtern durch die Straßen, warum stürmen sie die Geschäfte mit den Ellenbogen, warum balgen sie sich vor den Auslagen in den Warenhäusern, warum machen sie sich schimpfend die Parkplätze streitig, warum schwitzen sie unter der Last ihrer Pakete, warum –“
In diesem Augenblick drehte Petrus an zwei Fixsternen unter dem blau ausgeschlagenen Baldachin und schaltete damit die himmliche Lautsprecheranlage ein. Mit einem Schlag erfüllte die himmlischen Säle und Korridore ein ohrenbetäubender irdischer Krach!
Nun mußte sogar Gott der Herr seine Stimme erheben, die doch sonst so gern leise in dem Gewissen der Menschen spricht.
„Was ist das in dem Supermarkt für ein abscheuliches Geplärre?“ rief er entrüstet, um gleichzeitig erschrocken innezuhalten.
„Ach du liebe Zeit, das ist ja ein Weihnachtslied!“
Er wollte sich beinahe schon ein bißchen freuen.
„Lauschen die Menschen in den Supermärkten jetzt Weihnachtsliedern?“
„Nein, Herr. Sie lauschen den Sonderangeboten zwischen den Weihnachtsliedern. Es ist ihr innigster Weihnachtswunsch, soviel und so preiswert wie möglich einzukaufen! Ihre Krippe ist der Supermarkt, ihr Stern eine Automarke, ihre Anbetung gilt dem Lebensstandard –“

„Das ist ein Skandal!" rief der Herr. „Und mein Wort? – Schalte den Lärm ab, Petrus!"
Der Heilige tat wie ihm befohlen. Sogleich wehten wieder wohltemperierte Harfenklänge durch die Säle und Korridore, Sphärenmusik, welche die himmlische Stille untermalte und nur noch deutlicher werden ließ.
„Und mein Wort –?" fragte Gottvater noch einmal flüsternd durch das Schweigen.
Petrus hob resignierend die Schultern und machte jetzt beinahe ein so verbittertes Gesicht wie die gestreßten Menschen in den weihnachtlichen Straßen.
„Herr, wie sollen sie es denn in dem Verkehrslärm vernehmen? Das Pfeifen der Düsenmaschinen, mit denen die Weihnachtsurlauber soeben einen Flug ins Heilige Land antreten, ist auch nicht gerade dazu angetan. Haben Sie eine Vorstellung davon –?"
„Der Teufel bewahre mich!" wehrte der Allmächtige ab.
„Aber es muß doch eine Möglichkeit geben, daß sie mein Wort wieder vernehmen –"
„Großmächtiger Gebieter! Im Straßenlärm können sie es nicht hören. Bei ihren Geschäften machen sie sich Sorgen um das Bruttosozialprodukt, nach der Arbeit hocken sie vor ihren Fernsehempfängern oder toben auf dem Fußballplatz. Am Urlaubsstrand schalten sie ihre Transistorgeräte ein, beim Autofahren schimpfen sie, wenn sie überholt werden, und wenn man sie nicht überholen läßt, schimpfen sie noch mehr! Und grundsätzlich haben sie überhaupt keine Zeit! Wenn die Lebkuchen unter dem

Weihnachtsbaum duften, produzieren die Schokoladenfabriken bereits die ersten Ostereier! Wenn...“

„Genug!“ rief Gott der Herr. Und diesmal klang es so energisch, daß ein kurzes Donnergrollen über die hektische Stadt rollte. Die Menschen blickten kurz und erschrocken auf.

„Noch so spät ein Düsenjäger?“ brummten sie kopfschüttelnd, „dieser ewige Krach! Man sollte das verbieten!“

Und stürzten sich wieder in das lärmende Getriebe.

Doch Gott der Herr hatte sich schon wieder gefaßt. Er hatte viel erlebt und gesehen in all den Abermillionen Jahren seit Erschaffung der Welt. Wie sollte er, der Schöpfer aller Dinge, nicht alles verstehen? Und heißt alles verstehen nicht alles verzeihen?

„Die Jugend –“, begann er nach einer Weile. „Wir müssen die Jugend erreichen. Wer die Jugend hat, hat die Zukunft! Wir müssen die Jugend erreichen –“

Ach du liebe Zeit, hätte Sankt Petrus jetzt beinahe wieder gesagt, aber diesmal dachte er es nur. Grimmig, fast mit Schadenfreude, riß er einen Wolkenstore zur Seite, so daß Gott der Herr geradewegs in eine Diskothek hineinblickte! Über dem poppigen Farbenspektrum der kreisenden Scheinwerfer schwebte jetzt Gottes leuchtendes Monokel wie ein zusätzlicher bengalischer Lampion, was mit beifälligem Gejohle quittiert wurde!

„Klasse! Super! Spitze!“ rief es durcheinander, und irgend jemand zielte mit einer Coca-Cola-Flasche übermütig nach dem wandernden Mondlicht am Diskothekenhimmel, das doch Gottes Auge war!

Petrus fing das Geschoß geistesgegenwärtig auf und

schleuderte es wütend zurück in die johlende Menge, wo es krachend in der Jukebox zerschellte, die gerade einen Rocksong erdröhnen ließ und mit langgezogenem Jaulen ihren Geist aufgab.
„Aber aber…“ tadelte der Herr mit mißbilligendem Blick auf den Heiligen, wobei er die Mondlinse aus dem Auge nahm, worauf es auf Erden für einen Moment fast ganz dunkel wurde, weil der Mond ohne Gottes strahlenden Blick plötzlich so bleich aussah, als würde er unter Blutleere leiden!
„Doch nicht schon wieder Tätlichkeiten wie damals in Gethsemane! Hast du das abgetrennte Ohr des Kriegsknechts vergessen, Petrus?“
Petrus senkte schuldbewußt sein heiliges Haupt.
„Mit der Coca-Cola-Flasche zielt man nicht auf Menschen, Petrus!“
„Sie hat ja nicht getroffen, Herr –“
„Weil ich sie rechtzeitig in diese Radaukiste abgelenkt habe, mein Lieber. Aber ich sehe schon, daß wir so nicht weiterkommen! Gegen diesen Spektakel können wir nicht an!“
Gottvater hielt sich die Ohren zu.
„Nun hör’ dir das an! Wie schnell sie diese Höllenmaschine wieder reparieren konnten!“
Die himmlischen, wohltemperierten Harfenklänge waren schlagartig unter den harten peitschenden Rhythmen des wieder aufkreischenden Rock-Songs verstummt; und Petrus schaltete eiligst die himmlische Lautsprecheranlage wieder ab.
Der Herr hatte nachdenklich das Kinn in die Hand gestützt.
„Wir müssen den einzelnen erreichen“, murmelte er

nach einer Weile. „Ja, den einzelnen Jugendlichen!" wiederholte er laut, und Petrus zuckte beinah ein bißchen zusammen vor Überraschung und Schreck. Dann jedoch, in einer Anwandlung boshafter Schadenfreude, die einem Heiligen eigentlich nicht angemessen ist, deutete er auf einen einzelnen Radfahrer, der mit verzücktem Gesicht und halb geschlossenen Augen durch eine rosarote Nebelwand fuhr und es nicht einmal bemerkte, so fern schien er allem Irdischen entrückt. Er war ein Jüngling von achtzehn Jahren mit einer Hahnenkamm-Frisur, dessen Panasch lediglich durch einen eng anliegenden Walkman niedergehalten wurde, den er sich so wie zwei Ohrenschützer gegen die Kälte über seinen ansonsten glatt rasierten Schädel gestülpt hatte. Seine Lippen und sein ganzer Kopf zuckten unter den unhörbaren Rhythmen einer Musik, die allein für ihn bestimmt war und ihn der Erde dort unten nicht mehr zugehörig erscheinen ließ.

„Ihr ‚einzelner Jugendlicher'", brummte Sankt Petrus mit einer wegwerfenden Handbewegung, „den Sie so gern erreichen möchten, Herr!"

„Er schwebt wie auf Wolken", kommentierte Gottvater.

„Er lebt auf einem anderen Stern, Herr, und gar nichts erreicht ihn mehr."

„Ach du liebe Zeit", seufzte der Allmächtige erneut. Und nach einer unendlichen Weile des Schweigens: „Was also schlägst du vor, Petrus?"

Der Heilige blickte Gottvater aufrecht in die Augen und sagte nur ein einziges Wort: „Großalarm!"

Großalarm im Himmel also!

Das darf man sich nicht so wie auf Erden vorstellen! Da heulen keine Sirenen, da schrillen keine Kasernenklingeln, da dröhnen keine Kommandorufe, und keine Feldwebel schnauzen durch die Korridore und reißen ohne anzuklopfen die Türen auf! Großalarm im Himmel – das heißt: Jetzt versuchen wir es noch einmal mit diesem merkwürdigen Völkchen da unten, das man unter der Bezeichnung Menschen kennt!

Die Halleluja-Chöre jubeln sich in höhere Tonlagen hinauf und schweben wie silbrige Spinnennetze, die Harfenakkorde perlen glitzernden Sternenstaub durch die Himmelsbläue, und Legionen von Engeln, jeder mit einer Harfe versehen, formieren sich sanft schreitend zum weihnachtlichen Besuch auf der Erde. In jene Regionen, wo die Tränen der Engel über die Unvernunft der Menschen in wirbelnden Schneekristallen niederfallen, pflegt man einen mit Geschenken beladenen Schlitten mit Sankt Nikolaus hinabzuschicken.

Natürlich gibt es nicht nur einen Sankt Nikolaus. Denn so wie der Herr zu jeder Zeit überall sein kann, so sieht man auch Sankt Nikolaus in allen Ecken und Winkeln unserer verschneiten Erdhälfte gleichzeitig auftauchen!

Das ist ein Schellengeklirr, ein dumpfes Hufeschlagen, ein zischendes Knirschen unter den Schlittenkufen und natürlich ein zartes Halleluja-Frohlocken zu lieblicher Harfenbegleitung! Die wispernden Rehe auf dem verschneiten Waldboden horchen auf, der Uhu im Borkenhaus unterbricht sein Selbstgespräch, die Silberfische im Bach hören zu blubbern auf, die Hühner zu glucksen, die Katzen zu schnurren, der Hofhund hebt schnuppernd den Kopf. Und alle, alle lauschen. So schweigsam wie die Bäume und Pflanzen.

Nur die Menschen in den großen Siedlungen, die man Städte nennt, in diesen entseelten Gehäusen aus Beton, Glas und Neon, die man fälschlich als Häuser bezeichnet – ach, die merken nichts davon! Es ist ja auch viel zu laut!

Und dann die Nikoläuse – sie haben nichts als Schwierigkeiten! Man bedenke: ein Kufenschlitten im modernen Großstadtverkehr!

„Haben Sie überhaupt eine amtliche Zulassung, die Sie zum Führen eines den winterlichen Straßenverhältnissen angepaßten Pferdefuhrwerks berechtigt?“ hatte gleich am Rande der Stadt ein strenger Polizist gefragt.

„Wo kommen Sie denn her?“ wollte ein Beauftragter des Amtes für öffentliche Ordnung wissen, als in der Fußgängerzone ein frohlockender Engel gerade seine Harfe stimmte. Und als er wahrheitsgemäß versicherte, daß er direkt vom Himmel käme, trug ihm dies eine amtliche Verwarnung wegen groben Unfugs ein!

„Laden und Entladen verboten!“ rief ein Ordnungshüter, als einer der Nikoläuse gerade seine Weihnachtspakete abliefern wollte. „Können Sie keine Verkehrzeichen lesen?“

„Mit diesem armseligen Geklimper werdet ihr keinen Blumentopf gewinnen, ihr Süßen“, sagte ein mitfühlender Passant zu zwei Harfenengeln, die in einer verlassenen Vorstadtstraße ihre Lieder an-

stimmten, und steckte ihnen eine Tüte gebrannter Mandeln zu.
Ach du liebe Zeit, die himmlischen Legionen waren alles andere als willkommen auf der Erde! Und all die himmlischen Klänge und Akkorde von wohl hunderttausend Engelsharfen und mehr – man hörte sie nicht. Sie verhallten im Lärm.
„Großalarm – Großeinsatz –", murmelte Gottvater enttäuscht über die Vorgänge auf der Erde. Er nahm den Mond aus dem Auge und putzte ihn mit einem Wolkenlappen. „Sie hören uns nicht."
Sankt Petrus nickte düster und war kein bißchen mehr schadenfroh: „Dort unten herrscht das Massenzeitalter, Herr! Die Masse bringt's! Wir müssen einfach noch mehr Engel auf die Erde hinunterschicken!"
„Noch mehr?" lächelte der Herr gütig. „Weißt du nicht, wie viele Menschen auf der Erde wohnen?"
„Doch, Herr, ich weiß es."
„Und wie viele Engel im Vergleich dazu im Himmel?"
Sankt Petrus ließ das bärtige Kinn beschämt auf die Brust fallen.
„Und daß immer weniger und weniger Seelen den Weg zu uns nach hier oben finden?"
„Herr, wenn wir die letzten Reserven auf die Erde –"
„Die letzten Reserven!" Gottvater war fast ein bißchen ungehalten. „So kann auch nur ein naiver Heiliger sprechen! Der Himmel ist ja beinahe leergefegt! Alles, was noch halbwegs eine Harfe spielen kann, haben wir nach unten geschickt! Und die restlichen paar Engel, die uns Nektar und Ambrosia bereiten, haben keine Harfen mehr!"

„Keine Harfen mehr, Herr?“
„Ja, fällt dir denn nicht diese himmlische Stille auf, mein Freund? Nur noch gelegentlich ein einzelner Psalm ohne Instrumentalbegleitung! Und hier und da ein gutgemeintes Hosianna-Hüsteln! Ein Himmel ohne Sphärenmusik! Wenn der Teufel das wüßte – er würde sich totlachen, wenn er es könnte!“
„Und das alles, weil die Menschen Gottes Stimme nicht mehr hören!“ rief Petrus verbittert. Da packte ihn ein heiliger Zorn! Er schnappte sich den Fußschemel vor Gottes Thron und wollte ihn wütend auf die Erde schleudern, wie kurz zuvor die Coca-Cola-Flasche!
„Zur Hölle mit dem Erdenpack!“
„Wirst du wohl den Schemel wieder hinstellen?“ Die milde Stimme hatte plötzlich einen strengen Befehlston angenommen.
„Bist du von allen guten Geistern verlassen, Petrus? Hast du vergessen, wie sich ein Heiliger zu benehmen hat?“
Petrus setzte schuldbewußt den Fußschemel nieder, und wie er sich dabei bückte, um ihn vor Gottes Füße zurechtzurücken, da mußte er wohl das Gleichgewicht verloren haben!
Er vollführte mit vorgebeugtem Oberkörper einige stolpernde Schritte und fiel kopfüber über den Rand der Himmelsbrüstung, die ja nur aus feinem Engelshaar gewebt ist! Dann stürzte er durch ein Wolkenloch, während sich sein brokatener Mantel wie ein Fallschirm blähte, so daß er sachte, ganz sachte wie eine riesige, immer größer werdende Fledermaus im Mondlicht auf die Erde herniederschwebte.

Die Tiere blickten auf; die wispernden Rehe, der Uhu im Borkenhaus, die Silberfische im Bach hüpften in die Höhe, diesmal krähte der Hahn, weil die Hühner so gackerten, die Katze richtete sich auf und machte „Miau", der Hofhund bellte.
Und diesmal merkten es auch die Menschen!
„Ein Ufo! Ein Ufo!" schrien sie wild durcheinander. Sie starrten in den Himmel, aber da war Sankt Petrus schon längst vorübergesegelt. Und deshalb guckten sie bloß in den Mond wie meistens, wenn sie recht neugierig sind!
Sankt Petrus aber sah unter sich, ganz nah unter seinen Füßen, die Isolatoren und Drähte eines Umspannwerkes, von dem aus sich die Hochspannungsleitungen wie Spinnenfäden nach allen Windrichtungen über die Landschaft verteilen.
Er schwebte direkt darauf zu.
„Eine Engelsharfe! Eine Engelsharfe!" rief er freudig.
Seine Füße verhakten sich in dem Drahtgespinst, es sprühte Funken wie Wunderkerzen am Weihnachtsbaum! Im Niedersinken krallte er sich mit seinen heiligen Händen daran fest und hing nun in voller Länge quer in den Hochspannungsdrähten!
„Eine Engelsharfe! Eine Engelsharfe!" rief er ein über das andere Mal.
Ein Riese an Gestalt – wir wissen ja, daß die Heiligen mit zunehmendem Alter immer größer werden – begann er in festlicher Ekstase an den Saiten seiner Harfe zu zupfen! Es schäumte Helligkeit und knisterte Kugelblitze, was ein nüchterner Techniker prosaisch als bedauerliche Kurzschlüsse bezeichnen würde!

Nacheinander gingen in den Städten die Lichter aus. Die rauschenden D-Züge blieben auf den Gleisen stehen, die Straßenbahnen rollten aus, die glitzernden Auslagen verdunkelten sich, die Autokolonnen hielten an, denn die Lichter der Verkehrsampeln waren erloschen, die Radiogeräte verstummten, die Fernseher hüllten sich in stumme Finsternis!
In den Wohnungen aber zündeten die Menschen die Kerzen an und vernahmen nach vielen, vielen Jahrzehnten zum erstenmal die leise, ganz ferne, filigrane Musik der Engel in der Heiligen Nacht. Es war still auf der Erde.
Still, friedlich, feierlich. Nicht nur die Tiere und Pflanzen, auch die Menschen lauschten diesmal. Und spürten zum erstenmal dieses weihnachtliche Gefühl, über das die Zeitungen so viel geschrieben und die Reporter so überreichlich gequasselt hatten.
Als alles vorüber war, sprachen die Medien – wie gewohnt – von einer technischen Katastrophe in der Weihnachtsnacht. Aber der Himmel freute sich – seit langer Zeit zum erstenmal.
Und die Menschen, denen es widerfahren war.
Und viele begriffen zum erstenmal, was eigentlich gemeint ist, wenn man sich „Fröhliche Weihnachten“ wünscht –

Kinderweisheit

Mein Enkel Benedikt war mit zwei Jahren noch nicht ganz stubenrein und trug ein Windelpaket unter dem Höschen. Als er nach einem Stadtbesuch wieder in meinen Wagen stieg und dabei spontan erblaßte, das sichere Zeichen, daß er sein „großes Geschäft“ wieder in den Windeln erledigt hatte, schimpfte ich ihn aus: „Kinder, die in die Windeln machen, kenne ich nicht mehr!“ Antwort: „Doch, Opa, du kennst mich schon noch!“
Ich drückte ihn in den Kindersitz, was ihm wegen der „vollen Ladung“ sichtlich unangenehm war: „Nein, solche Kinder kenne ich nicht mehr!“ Und ärgerlich fügte ich hinzu: „So, und nun setzt du dich in deine Scheiße!“ Dann fuhren wir los. Nach einer Weile fragte Benedikt zaghaft: „Opa, kennst du mich eigentlich überhaupt noch?“ Ich verneinte mürrisch. Dann Benedikt nach einer Pause: „Opa, immer wenn ich in der Scheiße sitze, kennst du mich nicht mehr!“ Ich dachte lachend: Ein klassischer Ausspruch, mein Kind. Wie oft wirst du ihn im späteren Leben noch bestätigt sehen –!

M. Arno Hagen

Kneipenpalaver

Heiter-satirische Erzählungen

176 Seiten, Ganzleinen

M. Arno Hagen stellt Ihnen in seiner Charakterstudie des bierseligen Publikums eine unvergleichliche Typensammlung deutscher Kneipenbesucher vor. Vertreten sind z.B.: der aggressive Feigling, der mit jedem Bier netter wird; der Halbidiot, der – hart an der Grenze des Schwachsinns entlangtaumelnd – den Nagel immer mal wieder voll auf den Kopf trifft; der Mann, den keiner ausreden läßt, bis er eines Tages plötzlich ganz aus sich herausgeht, und viele andere, die Ihnen wahrscheinlich merkwürdig bekannt vorkommen werden. In der Mitte des Forums steht Ria, die Wirtin, eine patente Person mit ausgeprägtem Hang zur eigenen Meinung.
Weltpolitik, Autokult, Sexualmoral: kein Thema, das in diesem Kreis nicht behandelt wird. Frauenfragen, Ökologieprobleme, Spiritistisches. Zu allem hat fast jeder eine Patentlösung in der Tasche.
„Die Kneipe ist ein Ort, wo jeden Abend die Welt neu gebaut wird!“ sagt ein belgisches Sprichwort. Kommen Sie mit auf die Baustelle und lachen Sie ruhig, wenn den eifrigen Architekten mal wieder die Steine auf die Füße fallen.
M. Arno Hagen lebt als freischaffender Künstler in Bielefeld. Lange Zeit arbeitete er in der Werbebranche; heute betreibt er u.a. eine Seidenmalschule. Er bezeichnet sich selbst als „bunten Hund und Lebenskünstler von hohen Graden“.

Wilhelm-Mathias Josten

Raupen im Sauerkraut

Vergnügliche Satiren

280 Seiten, Ganzleinen

Endlich gibt es in unserer deutschen, ansonsten ziemlich humorlosen Literatur wieder etwas zu lachen. Mit seinem Buch „Raupen im Sauerkraut“ ist ein deutscher Satiriker auf dem Buchmarkt erschienen, der eine messerscharfe Bilanz über das Leben „in diesem unserm Lande“ zieht.
Seine Pointen treffen nicht nur genau ins Schwarze, sondern ebenso ins Rote oder Grüne. In seinen wirklich vergnüglichen Satiren bleibt niemand verschont. Ob es die Politik ist, die er aufs Korn nimmt, ob er über die Gewerkschaften schreibt, über die Beamten oder über die Polizei, es bleibt kein Auge trocken. Der Kern seiner Satiren trifft immer die Wahrheit. Aber die Wahrheit ist in diesem Buch – wie der Autor selbst sagt – immer vergnüglich, „nur die Lüge ist häßlich, allein schon wegen ihrer kurzen Beine!“
Aber er berichtet auch über die Frauen, insbesondere über seine eigene, also über die Ehe, über die lieben Kinder, unsere heutige Jugend, das Fernsehen, das Finanzamt, den Karneval, über den Fußball, die Ärzte usw. Überall sieht er „Raupen“.
Hier wird nicht nur glossiert, sondern Ereignisse, Begebenheiten werden dargestellt, und so ergeben sich lebendige Erzählungen von einer ungeheuren Situationskomik, die durch ihre messerscharfen Formulierungen jeden Leser hellauf lachen lassen.

MORSTADT VERLAG KEHL STRASBOURG BASEL